박하 잎새의 향기

박하 잎새의 향기

초판 1쇄 인쇄일 2025년 9월 23일
초판 1쇄 발행일 2025년 9월 30일

지은이 황정현
펴낸이 양옥매
디자인 표지혜 송다희
마케팅 송용호
교 정 조준경

펴낸곳 도서출판 책과나무
출판등록 제2012-000376
주소 서울특별시 마포구 방울내로 79 이노빌딩 302호
대표전화 02.372.1537 **팩스** 02.372.1538
이메일 booknamu2007@naver.com
홈페이지 www.booknamu.com
ISBN 979-11-6752-693-9 (03800)

* 저작권법에 의해 보호를 받는 저작물이므로 저자와 출판사의 동의 없이
  내용의 일부를 인용하거나 발췌하는 것을 금합니다.
* 파손된 책은 구입처에서 교환해 드립니다.

박하 잎새의 향기

황정현 장편소설

책과나무

추천의 글

권대근 문학평론가, 대신대학원대학교 교수

　진실로 사랑했던 한 약혼자와 어머니를 동시에 잃고 써 내려간 소설이기에 감동은 이미 따놓은 당상이다. 서로의 아픔을 있는 그대로 끌어안아 준 둘, 주인공 잎새와 박하의 사랑은 너무나도 아름다운 인연미학을 보여준다. 소설은 현실의 모티브와 사실을 바탕으로 과거가 현재로 이어지고 지상에서 천상의 세계로 복원되는 플롯에 따라 흥미진진한 서사를 그럴듯한 추론을 갖게 하면서 전개된다. 아름답고 영롱한 진실 그것을 깨닫게 하는 판타지의 세계를 인연의 원리로 이끌어가는 이 소설은 주인공 잎새와 박하가 '눈부신 백조와 그 백조를 품고 있는 호수처럼 서로의 일상을 한 몸으로 품어 안으면서' 펼쳐내는 두 사람 간의 엔드리스 러브(endless love) 이야기다. 황정현은 창작을 통하여 사랑의 교각을 탄탄하게 쌓고 있다. 그녀의 시린 언어가 우리의 가슴에 떨어질 때 비로소 상처는 아물게 될 것이다. 이처럼 그의 문학은 인간의 삶을 순수함으로 구체화시켜 영원한 사랑의 아름다운 꿈을 실

천하고 있다.

  천상계에서 주인공 둘이 위기에 처할 때마다 등장해서 구해주는 과거 인연들이 펼치는 문학적 장치는 우리가 어떻게 현재적 삶을 살아야 하는지를 극명하게 보여준다. 천상계에서 만나는 지상에서의 인연 변주는 박하와 잎새의 살아생전 갈등을 해소해줄뿐더러 소설의 재미를 추동한다. 긴장감으로 이어지는 연속적인 사건의 한가운데서 둘이 '박하잎새'로 하나가 되는 아름다운 사랑의 완성은 정말 감동적이다. 황정현 소설의 최고 쾌미는 이처럼 긴장미와 상상력을 최대로 끌어올릴 수 있다는 점에 있다. 사랑의 아름다움을 이렇게까지 최고조로 끌어올린 판타지소설이 어디 있을까 싶을 정도로 이 소설은 우리 시대 희미해져가는 사랑의 진정성을 다시 한번 생각해 보게 한다. 이런 측면에서 이 소설이 사랑의 길목에서 방황하고 있는 사람들, 사랑으로 인해 아픔을 겪고 있는 젊은 영혼들에게 치료제가 될 것으로 확신한다.

작가의 말

최근 몇 년 사이로 나는 소중한 사람 둘을 잃었다. 한 사람은 심장마비로 갑자기 세상을 떠난 약혼자이고, 다른 한 사람은 말기 암이 발견되어서 치료도 제대로 받지 못하고 돌아가신 어머니이다. 갑작스럽게 삶을 송두리째 뒤덮은 암울한 그림자 속에서, 나는 갈 길을 잃었다. 내 삶의 마당에서는 심지도 않은 야생화가 무성하게 피어나는 것처럼 무력감, 상실감, 고독감이 피어났다. 그것들을 하나씩 정성껏 거두어 모으니, 야생화 꽃다발이 되었고, 그 꽃다발을 꽃병에 가지런히 꽂아두었다. 이 야생화 꽃다발이 바로 작품의 배경이다. 실제 사실과 문학적 상상력을 가미하여 이 작품을 완성하게 되면서, 꽃다발 한 무더기로 완성된 글은 향기가 되어 내 먹먹한 마음을 감싸주었다. 시련을 마주 보게 해주며, 위로하고, 일으켜 세워주던 이 꽃다발의 향기가 천 리, 만 리까지 뻗어 나가서, 사별의 아픔을 겪고 있는 독자들의 마음을 감싸안아 주길 소망한다.

이 소설의 마지막 장을 덮는 길목에 이르니, 이 길 위에서 나를 이끌어 주신 소중한 분들이 떠오른다. 무지갯빛 또 다른 세상으로 이어지는 길을 언제나 새롭게 열어 주신 하나님께, 이 책의 여정에 함께 해주심을 감사드리며 영광을 올려 드린다. 소설이 완성되기까지 따뜻한 시선과 한결같은 격려로 원고를 읽어주신 아버지께도 진심으로 감사드린다. 부족한 글에 귀한 추천사를 보내주신 권대근 교수님, 글쓰기 여정에서 방전될 때마다 충전의 언어를 건네주신 그 따뜻한 마음에 깊이 감사드린다. 문학의 길을 걷는 데 신선한 도전 의식을 심어주시고, 언제나 응원을 아끼지 않으시는 송명화 주간님께도 고마운 마음을 전한다. 『시와 반시』라는 대산맥에서 수필가의 첫걸음을 내딛게 해주신 나의 친정, 강현국 시인님께 따뜻한 감사 인사를 드린다. 또한, 대학 시절 문학의 길에 대한 올곧은 깨우침을 일러주신 김명인 교수님께도 감사한 마음을 전한다.

무엇보다 이 소설이 세상으로 나아갈 수 있도록 손수 가장 빛나는 옷을 입혀주시며 함께 고민해 주신 책과나무 편집자분들께도 각별한 감사를 드린다. 사랑하는 이들을 떠나보낸 뒤 상실과 슬픔에 잠기지 않도록, 기도와 위로를 아끼지 않으신 이인한 목사님과 이진희 사모님께도 두 손 모아 감사드린다. 끝으로, 일상을 함께하며 소설이 완성되기를 응원해 준 친구들, 권기연과 이세진에게도 따뜻한 마음을 전한다.

* 이 소설을 쓰며 들었던 음악
One Summer Night (Song By Chelsia Chan &Kenny Bee)

차례

추천의 글   4
작가의 말   6

1부

28개의 별자리 징검다리에서

첫 만남, 별의 인연   14
상처와 포옹하다   19
부푼 꿈의 첨성대   28
버려진 황금 열쇠   37
28개의 별자리 징검다리에서   44
그가 사라진 꿈   49
불꽃놀이   51

2부

기찻길 여행과 사라진 그믐달

너를 향한 기찻길 여행	54
사라진 그믐달의 엄마	71
100일 동안의 과제	84

3부

하늘나라 빌리지와 박하 잎새

하늘나라 빌리지 입구에서	88
청명 요정과 엄마를 만나다	106
생과 사의 사막을 건너는 유니콘	116
백조의 도래지	119
열성 377	128
해왕 777 행성	141
이웃 마을 행성 153	153

4부

지구에서 당신을,

암흑 에너지와 칠흑 홀,
그리고 지구로의 귀환 162

박하 잎새의 향기 177

1부

28개의 별자리 징검다리에서

첫 만남, 별의 인연

 기나긴 끈, 누군가가 억지로 끊어버리려 해도 쉽게 툭 잘리지 않았고, 오히려 더 끈끈하고 묵직하게 이어져 나갔다. 언제, 어디에서부터 불현듯 피어났는지 예측할 수 없이, 영원까지 이어지는 그 인연의 끈. 마주치지 않으려고 해도, 앞 골목을 돌고 나서, 뒷골목을 돌고 나면 또다시 마주칠 수밖에 없는 필연의 끈. 그 끝이 보이지 않는 끈의 시작점에 천문학과 대학생 청년인 박하가 서 있었다. 그리고 그 끈의 끄트머리는 문학소녀, 잎새가 앉아 있었다.
 청명한 별빛이 창 바깥에서부터 그녀의 방 깊숙이까지 잔잔하게 울리고 있는 어느 밤, 잎새는 천문학 인터넷 카페에 가입하게 되었다. 우연히 보게 된 국자 모양의 똘망똘망한 일곱 개의 별자리, 북두칠성 사진이 자신이 구상하는 동화의 삽화로 잘 어울릴 듯했기 때문이다. 자신이 지망하는 대학교에서 주최하는 동화 공모전에 이 그림을 글과 함께 꼭 삽입하고 싶었다.
 북두칠성을 찍은 사진의 주인공은 박하라는 천문학도 대학생 청년이었다. 별 사진을 자주 찍어 올리기를 좋아하는 섬세한 감수성을 지닌 대학생 새내기였다. 잎새는 북두칠성 사진을 보자마자, 자신의 글과 너무 잘 어울릴 것 같다는 영감을 받았다. 그래서 채팅창에 접속하여 박하라는 청년에게 서둘러 쪽지를 보냈다.

"북두칠성 별자리 사진이 맘에 들어서 그러는데 허락해 주신다면 제가 퍼가도 괜찮을까요? 실은 별에 관한 글을 쓰던 중이라서요. 괜찮으시면 배경 사진으로 사용하고 싶은데 양해해 주실 수 있을까요?"

박하는 채팅 메시지를 읽고, 잎새라는 이름의 고3 여학생이 쓴 글이 보고 싶어져서 한 시간 동안이나 같은 내용의 답장을 썼다 지우기를 반복했다. 그러곤 결국 그녀에게 짧은 답장을 보냈다.

"글을 쓰시는 분이신가 봅니다. 혹시 작가 지망생이신가요? 어떤 글을 쓰시는지 궁금한데… 이 사진을 퍼가시는 대신, 쓰고 계신 글을 보여주시면 허락해 드리겠습니다."

잎새는 박하의 답장을 받고, 홀로 얼굴이 붉어졌다 파래지기를 반복했다. 자신의 글을 낯선 이에게 공개할 생각에 등줄기에서 땀이 흥건히 고이는 듯도 했다. '사진 받기를 포기할까?' 잠시 고민했다. 그러나 이대로 마음을 접기에는 박하가 찍은 북두칠성이 자신이 쓰고 있는 동화의 배경 사진에 완벽하게 어울릴 것 같았다. 그런 생각이 자꾸 드니, 마음 한구석에서 아쉬움의 기운이

슬며시 올라왔다. 잎새는 솔직하게 답장을 썼다.

"실은 제 글을 남에게 보여주는 게 아직은 많이 부끄러운 작가 지망생에 불과한데요……. 독자에게 제 글을 보여주는 연습을 한다고 생각하고 보여 드릴게요. 대신 사진은 사용해도 괜찮은 거지요?"

잎새의 답장에 박하는 동공이 크게 확장되었다. 입가에는 미소가 절로 머금어진 채로 10초 만에 답장을 보냈다.

"그렇게 합시다. 제 사진에 어울리는 글이라니 어떤 글을 쓰고 계실지 무척 기대됩니다. 그런데 원래 별 사진에 관심이 많으신 겁니까?"

박하의 질문을 받고, 그녀는 평소 궁금했던 질문을 했다.

"네. 제가 별에 관한 이야기를 참 좋아해서요. 별을 보면, 글 쓸 때 많은 영감을 받거든요. 별 사진을 참 잘 찍으시는데 어떻게 하면 이런 선명한 별 사진을 찍을 수 있나요? 언제쯤 별 사진을 찍는 게 좋은가요?"

박하는 자신이 열정을 가지고 바라다보는 밤하늘에 관해 이야기 나눌 상대를 만났다는 생각에 설렘으로 심장박동수가 빨라져 대답했다.

"별 사진은 달빛이나 인공 불빛에 방해받지 않는 순간에 포착하는 것이 가장 좋습니다. 칠흑 같은 어두움 속에서 별빛이 더욱

도드라지는 법이니까요. 그믐에서 달의 모습이 전혀 보이지 않는 삭일 때가 별을 촬영하기에 가장 적합한 때라고 할 수 있습니다."

잎새는 한밤중, 어두움 속에 잠긴 한 청년이 최적의 별빛을 담기 위해 이리저리 포즈를 취하는 모습을 떠올리며 답글을 이어 썼다.

"별 사진을 찍으려면 가장 어두울 때 찍어야 한다는 말씀이네요. 빛 한 줄기 없는 어두움 속에서 홀로 빛을 피워올리는 별이 더욱 돋보일 테니까요. 그 장면을 상상해 보니 반짝이는 별은 모두가 절망하는 듯한, 캄캄한 어둠 속에서도 희망의 빛을 포기하지 않고 존재해야, 마침내 탐험가의 눈에 띈다는 뜻으로 느껴지네요. 어두움에 처해 있어서 쓸쓸했을 텐데, 별은 지칠 줄도 모르고, 함초롬한 촛대를 하늘에 홀로 불피웠네요. 어두울수록 희망의 빛을 더욱 발하여 촛대를 촘촘히 세우는 별, 신비로워요."

박하는 잎새의 문학적인 해석을 읽고 혼자서 빙그레 웃음을 지었다. 그녀의 섬세한 감수성이 이른 아침, 달팽이 껍데기를 적시던 이슬처럼 촉촉하다는 생각을 하며…….

"별 하나를 보고도 그런 감수성 짙은 사색을 하시다니 잎새님은 문학적 감수성이 역시 남다른 듯합니다. 잎새님이 쓴 글을 빨리 읽어보고 싶어집니다. 모두가 절망하는 어둠 속에서도 희망의 빛을 잃지 않는 별 같은 이가 더 소중하게 돋보이는 법이지요."

박하의 칭찬에 잎새는 볼 주위가 다리미의 열기처럼 달아올라서둘러 화제를 돌리는 질문을 했다.

"별의 존재를 더 돋보이게 사진을 찍는 방법도 있나요?"

그는 잠시 생각하다가 곧이어 답장을 썼다.

"별을 더욱 아름다워 보이게 하려면 아름다운 주위 풍경을 잘 살려서 넣어주어야 좋습니다. 그래야 사진의 묘미가 삽니다. 맨눈으로 직접 별자리를 찾기 힘든 경우에는 별자리표라는 스마트폰의 앱을 사용해서 별자리를 찾는 데에 도움을 받곤 했습니다. 국자 모양으로 된 7개의 별, 북두칠성 별자리를 처음 찍었던 순간의 희열을 지금도 잊을 수가 없습니다."

잎새는 박하의 답글에 크게 공감하며 답글을 썼다.

"별 사진을 찍는 데에 이렇게 열정을 지니신 분은 처음 봐요. 박하님이 찍은 별 사진에는 열정이 별처럼 환하게 울리는 듯해서 더 눈부셔요."

북두칠성 별자리를 찍은 사진 한 장에서 비롯된 인연의 줄. 그 별자리 사진을 시작으로 둘을 이어주던 인연의 끈은 점점 더 굵고 튼튼하게 자라나, 강인한 나팔꽃 덩굴처럼 삶의 막대기를 타고 올라갔다. 그 이후, 그들의 메시지 함은 틈만 나면 요란한 알림 소리를 내며 울렸다. 누가 먼저인지 알 틈도 없이, 둘은 어느새 반말로 대화를 나누며 스펀지의 물처럼 서로의 삶에 깊숙이 스며들기 시작했다.

상처와 포옹하다

박하와 잎새의 대화는 나날이 깊이와 높이를 더해 갔다. 가볍고 피상적인 별 이야기를 시작으로 울리던 메시지 통이 곧 둘의 모든 일상을 공유하는 이야기들로 넘쳐났다. 둘을 잇는 그 끈은, 남들에게는 차마 털어놓지 못한 아픔과 상처까지 나눌 수 있을 만큼 견고해졌다. 그래서 그들은 칼바람 부는 겨울날, 바람막이를 두른 모닥불처럼 타닥타닥 서로에게 훈기를 건네는 존재가 되어갔다.

잎새는 상처 탄력성이 강하지 못한 사람이었다. 마치 산불로 한 번 쓰러져 버리면 다시 복구하는 데 최소 30년 이상이 걸리는 나무처럼, 한 번 받은 상처를 쉽게 떨치지 못하고, 깊이 우물을 파고 트라우마 된 사건을 저장해 두었다. 그러기에 글을 쓰기 위하여 들어간 문예부에서 선배들로부터 거친 따돌림을 당하고는 견디지 못하고, 우울증과 공황장애 증세까지 경험하게 되었다.

"너는 귀족이잖아? 우리 같은 사람들이랑 같이 지내기엔 네가 썩 어울리지 않는다고 생각하지?"

"아니요. 그렇게 생각해 본 적 없는데요…….'

"근데 왜 저번에 날 보고 그냥 쌩까고 지나갔어?"

"제가 미처 못 봤나 봐요. 죄송해요."

"울면 뭐 다 해결되는 줄 알아? 미친년! 시끄러우니까 딱 그치지 못해?"

잎새는 해명하면서 눈에 그렁그렁 눈물이 맺혔다. 눈물을 글썽이며 울먹였다. 그 해명을 문예부 선배들은 호락호락 믿어주지 않았다. 잎새는 경제적으로 비교적 안정된 넉넉한 집안에서 자랐지만, 선배들은 치열하고 근근하게 살아가는 처지라서 생기는 갈등이었다. 어떤 해명을 해도 선배들은 비아냥거렸을 뿐이다. 또는 자기들을 무시한다고 어두운 교실에서 소리를 마구 질러댔다. 선배들의 고함을 몇 시간이고 고개 숙이고 듣고, 집에 돌아온 날에는 가슴이 답답해졌다. 울컥 뜨거운 기운도 솟아 올라왔다. 때로는 숨이 턱턱 가빠왔다. 때로는 숨이 막히는 듯했다. 심장박동이 터질 듯 빨라지고, 질식할 것 같았다. 쉽게 숨을 쉴 수 없는 구역질, 심한 복통과 설사까지 찾아왔다. 그런 밤이면, 죽음까지 다다르는 심장마비가 찾아오는 듯했고, 식은땀으로 온몸이 흠뻑 젖었으며, 손발이 덜덜 떨렸다. 머릿속에는 선배들의 고함이 잎새의 고막에서 메아리쳐 심하게 울려왔다.

"그때 이후로 문예부에서 탈퇴를 꿈꿨어. 하지만 선배들은 쉽게 놔주지 않았어. 한 번 들어가면 탈퇴를 마음대로 할 수도 없는 불량 동아리였거든. 그때부터 시작이었나 봐. 세상 밖으로 나오지 못하고 좁은 우물에 갇혀 지내는 외톨이가 된 때가……. 사람들을 만나는 게 두려워졌고, 어쩌다가 만나는 사람들이 있으면 나에게 윽박지르고, 해코지할 것만 같아 피하고 싶어졌어."

잎새가 지난 삼 년 동안의 고교 생활을 회상하며 박하에게 자신이 은둔형 외톨이처럼 지내게 된 계기를 토로하였다.

"저런! 잎새, 너희 학교의 문예부 선배들은 사회에 불만이 많고, 반항심이 큰 문제아 집단인 듯싶네. 담임 선생님께 한 번 말씀드려 보지 그랬어?"

박하가 잎새의 카톡을 읽고, 토닥토닥 어깨를 안아 주는 이모티콘을 보내며, 카톡 메시지에 답장을 보냈다.

"맞아. 우리 문예부 선배들은 학교에서 술을 마시고 축제 때 난동을 부려서 학교로부터 해체하라는 명을 받았었어. 그런데도 지하에서 몰래 활동하는 중이었지. 순수하게 글 쓰는 것이 좋아서 찾은 문예부였는데, 한 번 들어가면 탈퇴가 거의 불가능한 곳에 소속되어서 너무 힘들었어. 담임 선생님한테 고민을 털어놓고 싶었지만, 그렇게 하면, 선배들이 졸업 전까지 계속해서 보복 조처를 할 것만 같아서 쉽게 그럴 수도 없었어."

그녀는 박하의 공감에 고마워하며 대답했다.

"그래도 지금은 힘든 고3 시절이 끝나고 소망 대학교, 문예 창작학과에 떳떳하게 입학했잖아. 이제 선배들의 괴롭힘에 시달리지 않아도 되네. 힘든 시간을 잘 지나왔어."

박하가 그녀의 소망 대학교 합격 통지 소식을 축하하며 잎새를 격려했다.

"고마워. 근데 여전히 혼란스러워. 난 원하는 대학교에, 원하는 과를 선택해서 들어왔다고 자부했었어. 하지만 사회에서는 내 위치를 여전히 무시하고 깎아내리려 해. 명문대에 들어가지 못했다고, 그것도 학교냐고 무시하는 사람들 앞에서 상처받곤 해. 그 때문에 움츠러들고, 다른 사람들 앞에 나서질 못하겠어. 어디 가서도 대학교 이름을 떳떳이 말하지도 못하겠어."

잎새는 사회에서도 인정받지 못하는 위치에 있는 처지를 털어놓으며, 흔들리는 정체성으로 위기의식을 느끼고 울먹였다. 또다시 심장이 터질 듯 아파오니 공황발작의 그림자가 임박해 오는 것만 같았다.

"잎새가 선택해서 간 길이야. 고교 시절 내내 열심히 글을 써서 떳떳이 합격한 학교라고. 난 네가 선택한 길에 좀 더 자부심을 느끼고, 자랑스럽게 생각했으면 좋겠는걸."

박하가 그녀를 위로하며 답장 카톡을 썼다.

"미안. 너무 내 이야기만 했네. 미안해. 오빠도 힘든 일이 분명 있었을 텐데······. 오빠는 학교 다닐 때 힘든 일 없었어?"

잎새가 그의 깊은 내면을 향한 금고에 자신의 열쇠를 살며시 끼워 넣어 그의 상처로 가 닿기를 시도했다.

"힘든 일이라······. 나는 어릴 적에 부모님을 화재 사고로 잃고 일찍 홀로서기를 해야 했어. 그 이후론 내가 모든 걸 책임지고, 설계하고, 추진해야 했지. 부모님은 나를 보호해 주시던 바람막이 같은 존재였는데 열여섯 살, 여름휴가 때 갔던 호텔에서 일어난 화재 이후로, 모든 걸 잃었어. 그때부터였을 거야. 혼자서 결정하고 결과도 홀로 감수해야만 한 시간이······. 그런 현실이 때론 아찔했고, 어디론가 훌쩍 도망치고 싶을 때도 많았어."

"아······."

잎새가 예상하는 것보다 더 무거운 아픔이었다. 박하의 대답에 그녀는 위로할 말을 찾기가 어려워 한동안 침묵했다. 무려 30분 동안 답문을 못 보내다가 곧이어 박하에게 질문을 던졌다.

"세상에! 그런 일이 있었다니······. 무슨 말을 해 줘야 할지 모르겠어. 아니! 호텔에서 어떻게 불이 난 거야? 오빠는 어떻게··· 어떻게··· 혼자 살아남았고?"

"호텔 커피숍에서 프로판 가스가 폭발해서 일어난 사고였어. 그 당시 정확한 원인을 바로 찾지 못했는데, 추측하기로는 비상

용 가스통에서 가스가 샜는데 그게 화덕에 옮겨붙어서 생긴 거였어. 그 사고로 130명 정도가 사망했는데 우리 부모님도 그만 같이 돌아가시게 된 거야. 나는 기적적으로 먼저 구출되었고……. 소방대원 덕분에 어느 정도의 화상만 입고 구조된 거지. 그래서 난 그 이후로 수영장을 못 가. 내 화상 흉터를 남들에게 보이는 게 수치스러워서……."

"어떻게 그럴 수가……. 어머나……. 그런 일이 있었다니……. 그, 그런 큰 사고를 겪고도 오빠는 그렇게 의연하게 자란 거야? 나 같았으면 진작에 힘들어서 삶을 포기해 버렸을지도 몰라."

"나도 쉽게 극복한 거라고 이야기하지는 못하겠어. 이모 덕분이지. 가여웠는지 나를 거두어주셨거든. 대학생이 될 때까지 돌봐 주시지 않았더라면 나도 진작에 삶을 마쳐 버렸을 수도 있었겠지. 부모님이 돌아가신 뒤로 내게 남은 것은 흉측한 화상 자국과 몇몇 친구들의 차가운 외면의 시선뿐이었으니까……. 내 화상 자국이 혹시 피부병에서 비롯된 것은 아닐까 생각하고, 자신에게 옮길까 봐 나를 피하는 친구들이 생기기 시작했어."

"하지만 그건 오빠의 잘못이 아니었잖아. 어쩔 수 없는 불행한 사고였을 뿐이고……. 오빠는 피해자일 뿐인데, 그로 인해 생긴 화상 자국도 부끄러워할 상처가 아니라, 오히려 위로받고 치료받아야 할 아픔일 뿐인걸. 아! 그런 큰일을 겪고도 이렇게 반듯하게 자라날 수 있다니……. 정말 무슨 말을 해 줘야 위로가 될지 모르겠어. 그렇지만……. 내게 이렇게 힘든 이야기를 나눠줘서 정말 고마워."

 잎새는 박하의 아픔을 듣고 마치 자신의 상처를 마주 보는 듯 마음 한편이 아려왔다. 모난 구석도 전혀 없어 보이던 박하였는데, 그의 내면에 잠들어 있는 상처 위에, 온기를 품은 거즈 한 겹을 덮어주고 싶어졌다.

 "고마워. 잎새야. 사실은 이런 말을 해도 될지 오래 망설였는데……. 너무 잘 받아 줘서 내가 더 고마워."

 "그런 말을 해 준 거 정말 용기 있는 거야. 그건 오빠의 잘못으로 인한 상처도 아닌데 부끄러워할 이유가 전혀 없다고 생각해. 오히려 솔직한 이야기를 듣고 나니, 있는 모습 그대로의 오빠가 더 좋아 보여. 그런 힘든 시간을 지나고 이렇게 의연하게 성장한 오빠가 정말 대단하다고 생각해."

 봄바람처럼 살랑거리며 와닿는 잎새의 위로와 격려 덕분에, 박하의 처진 어깨에 힘이 실렸다. 이때부터 시작되었다. 박하와 잎새의 영혼이 서로에게 온전히 문을 열기 시작한 시점은. 서로의 아픔을 있는 그대로 끌어안아 준 둘. 둘이 만든 인연의 줄은 나날이 나이테를 더하며, 더더욱 두터워졌다. 잎새는 자신이 했던 고민의 크기가 박하에 비하면 아무것도 아니었다고 생각하며 은연중에 그 사실이 자신에게도 큰 위로가 됨을 느꼈다. 박하도 흉측하게 문드러진 화재 상처에 관해 이야기할 때마다, 장시간 동안 자신에게만 귀 기울여 주는 잎새에게 마음의 문을 더 열게 되었다. 인생의 어떤 굴곡진 이야기도 잎새는 마다하지 않고 공감하며 들어 주었기 때문이다. 그러자 박하는 자신의 사소한 이야기를 나누는 것도 차츰 즐기게 되었다. 이 인연에 감사하는 마음으로, 박하는 잎새에게 메시지를 보냈다.

"너랑 이야기하면 편한 파자마를 입고 푹신한 소파에서 쉬고 있는 듯한 느낌이 들어. 내 어떤 이야기에도 정성스럽게 귀 기울여 주어서 참 고맙고."

"아, 정말? 다행이다. 나는 사실 말로 하는 것보다 글로 표현하는 것이 더 익숙해. 그래서 귀 기울여 오빠 이야기를 들어주는 걸 더 잘하는 편이야. 누군가가 나에게 온전히 마음의 문을 열고 이야기하는 걸 듣고 있으면, 그 사람과 더 가까워진 느낌이 들어서 가슴이 따뜻해져. 그것이 나중에 내 글의 참신한 소재가 되기도 하고."

"나는 16살 때 일어난 화재 사건 이후로 사람들이 나한테 갖는 편견에서 벗어나지 못할 때가 많았어. 막연한 두려움이 있었던 거 같아. 잎새 너도 나를 알아 가게 된다면 다른 사람들처럼 편견 때문에 피할 것으로 생각했거든. 나처럼 장애가 있는 사람은 마음도 모가 나고 비뚤어져 있을 거라는 인식이 있거든. 근데 너는 나에게 마음 문을 열어주었어. 그게 감사하면서도 때로는 믿기지 않아."

"어쩌지? 오빠. 나는 오히려 행운이라고 생각하고 있어. 오빠가 생각하는 것과 정반대야. 오히려 오빠의 장애 때문에 오빠가 더 멋지고, 근사하게 느껴졌었어. 그런 아픔을 경험하고도 의연히 자라나서 이렇게 멋진 어른이 되어 있다는 것만으로도 존경심이 생겼어. 그런 아픔이 있기에 다른 사람들의 장애에도 심장의 온기를 잃지 않고 관심을 가질 거로 생각했어. 오빠는 내가 아는 사람 중 가장 가슴이 따뜻한 사람인 것 같아. 주위의 사람들이 오빠를 미운 오리 새끼라고 부른다고 오빠가 진짜 오리라고 오해하지 말아. 사실 오빠는 백조였을 테니까. 주위에서 오빠의 진짜 모습을 미처 알아보지 못한 거야."

"내가 백조일 수도 있다고? 그런 식으로는 한 번도 생각해 보지 못했는걸……. 정말 그렇게 생각하니?"

"응. 진심이야. 오빠의 영혼에는 눈부신 백조가 사는 것 같아. 빛나는 깃털을 가지고 있어서 눈부셔. 게다가 가슴이 따뜻한 백조고."

박하와 잎새는 눈부신 백조와 그 백조를 품고 있는 호수처럼 서로의 일상을 한 몸으로 품어 안으며 나날이 깊은 대화를 이어갔다.

부푼 꿈의 첨성대

"잎새 너와 꼭 가고 싶은 곳이 있어. 나랑 같이 가줄래?"

등나무의 꽃향기가 화하게 대학 캠퍼스를 울리는 5월 어느 날, 박하는 잎새에게 짧은 여행을 제안했다. 당시 그녀는 이제 갓 대학생으로 새내기 생활을 익히던 터라, 모든 게 새로울 때였다.

"응? 어딘데? 오빠가 가고 싶은 곳이 있었어?"

"너한테 꼭 보여주고 싶은 곳이 있었어. 별성의 첨성대. 거기에 같이 꼭 가보고 싶어."

"별성의 첨성대? 아! 신라 시대의 천문 관측대로 사용되던 곳 말이지. 응……. 근데 거긴 갑자기 왜?"

"가보면 알아. 첨성대에 가서 이야기를 마저 해줄게."

그 대화를 시점으로, 박하와 잎새는 일박 이일로 별성에 있는 첨성대 여행을 갑작스럽게 떠나게 되었다. 서울에서 별성으로 가는 새마을호를 타고 빠르게 흘러가는 경치에 둘은 피곤한 몸을 맡겼다. 함께하는 여행은 처음이라서 긴장한 탓에, 둘은 마주 잡은 손바닥을 손수건으로 자주 닦아내야 했다. 30분마다 한 번씩 서로의 손에 땀이 찼기 때문이다. 잎새는 박하가 첨성대로 가고 싶어 하는 이유가 궁금해서 귀가 근질근질할 지경이었다. 새마을호가 느릿느릿하게 둘만을 싣고 가는 듯 느껴져서, 그녀는 손목시계만 삼십 분에 한 번씩 계속 힐끔거렸다.

 길을 조금 헤매서, 네 시간이 지나고 나서야 잎새와 박하는 별성 첨성대에 겨우 도착하였다. 첨성대는 362개의 화강암 벽돌이 원통형으로 싸인 신라 중기의 석조 건축물로, 9.4m의 높이와 6.09m의 밑면 지름 길이를 자랑하며 늠름한 모습으로 서 있었다. 그것은 29층의 돌이 쌓여있었으며, 꼭대기에 우물 정 모양의 2층으로 된 천장 돌이 놓여 있었다.
 그 앞에 여독에 젖은 둘이 첨성대를 마주보고 섰다. 박하는 첨성대의 기품 있는 자태를 자랑스러워하며 잎새에게 기다렸다는 듯이 말했다.
 "여기가 바로 너에게 보여주고 싶어 한 별성의 첨성대야. 선덕여왕 때 세워진, 세계에서 가장 오래된 천문대 중 하나야."
 "이 별성의 첨성대가 가장 오래된 천문대 중 하나였어? 그랬구나. 여기를 꼭 나랑 와 보고 싶었던 이유가 뭔데? 오빠?"

"고3 수학여행 때 별성으로 여행 와서 이 첨성대를 보고, 역사를 처음 접하게 되었어. 여길 방문하고 나서부터 하늘의 별 보물찾기를 시작했어. 하늘의 별을 관찰하는 기능을 담당한 첨성대가 신라 시대부터 존재했다는 사실이 너무 신기했어. 그때부터 별의 움직임에 관심을 가지는 사람들이 존재했다는 사실이……. 이 천문대를 사용해서 4가지 계절과 24절기도 확실히 정할 수 있었대."

"그렇구나. 그러면 여기에 사람이 직접 올라가서 별을 관측했다는 거네?"

"응. 사람이 바깥에 사다리를 놓고, 창을 통해 들어가서 꼭대기에 올라가 하늘을 관찰했을 거래."

"신라 시대에 천문학은 사람들에게 왜 중요했던 걸까?"

"하늘의 움직임을 잘 관찰하면 농사의 적절한 시기를 결정할 수 있어서 천문학도 농업과 긴밀한 관계가 있다고 믿었대. 왕은 농사가 주업인 백성들에게 씨 뿌리고 수확하는 시기를 정확히 알려줄 책임이 있었으니까, 늘 하늘의 움직임을 살펴보는 일을 중요하게 생각했었다고 해. 그래서 천문학은 왕이 나라를 잘 통치하기 위해 매우 중요한 학문으로 여겨졌다고 들었어."

"그래서 오빠도 천문학과로 진학하게 된 거야? 이 첨성대를 보고?"

"이곳에서 예전부터 별을 관측하고 하늘을 공부했을 사람들을 생각해 보니 너무 신기한 거야. 저 밤하늘에 담겨 있을 별의 전설과 이야기에도 푹 빠져 버렸고……. 그때부터 별을 향한 짝사랑이 시작되었던 것 같아."

박하의 별에 관한 열정이 이 첨성대를 방문하고 생겨났다니, 잎새는 첨성대의 돌 하나하나가 하늘에서 떨어져 생긴 별똥별이 모여 생긴 것처럼 느껴졌다. 그 별똥별 돌 한 층 한 층에 박하의 푸른 꿈이 새겨져 있는 듯했다.

날이 갑자기 흐려지더니 이슬비가 촉촉이 내리기 시작했다. 다행히 이슬비는 수십 초 내로 금방 그쳤다. 잎새는 서울에서 별성의 첨성대까지 내려오느라 어디에서든지 쓰러져 잠들어버릴 것처럼 피로했다. 잠시 벤치에 앉아 쉬고 싶었다. 그러나 모든 나무 벤치는 촉촉이 내린 비를 흡수하여 물기를 살짝 머금고 있었다.

"벤치가 아직 비를 머금어서 젖어 있는 것 같아. 안 되겠다. 여기는 못 앉겠다. 그냥 가자."

잎새가 벤치를 둘러보다가 앉을 자리가 마땅치 않은 것을 깨닫고, 실망을 표하며 그냥 가자고 박하의 손을 잡아끌었다.

"잠깐만! 잎새야. 내가 벤치에 5분만 잠시 앉아 있을게. 그러면 벤치에 물기가 다 사라질 거야. 그러면 네가 앉아."

"응? 그러면 오빠 바지는 어쩌고? 엉덩이 다 젖을 텐데……."

"내 바지는 금방 말라서 괜찮아. 자! 잠깐만 기다려."

박하는 잎새가 말을 다 잇기도 전에 눅눅한 벤치에 얼른 앉았다. 축축한 빗물이 그의 바지에 스며 스산한 기운이 온몸으로 퍼졌지만, 그는 내색하지 않았다. 5분이 지났다. 미안해서 어쩔 줄 모르는 그녀를 마른 벤치에 앉혔다. 벤치에 나란히 어깨를 맞닿고 앉은 둘. 맞닿은 어깨에서 온기가 흘러나오는지, 박하는 서늘한 공기마저 왠지 모르게 뜨겁게 느껴졌다. 축축한 느낌은 어느새 잊힌 감촉이 되었다.

"그럼 오빠는 별의 전설들도 알아? 나한테도 오빠가 감명 깊게 읽은 별자리 이야기를 해 줄 수 있어?"

잎새가 첨성대의 돌 하나하나를 만지작거리다가 다시 눈동자를 반짝이며 물었다.

"그럼! 첨성대에 온 기념으로 쌍둥이자리 전설[1]
에 관해 이야기해 줄게. 들어 볼래?"

"응. 어서 들려줘. 참 그리고 보니 오빠의 생일이 6월 1일이니, 오빠 별자리가 쌍둥이자리겠구나."

"쌍둥이자리는 두 명이 나란히 서 있는 듯한 모습을 하고 있어.

---

[1] 한국천문연구원(https://astro.kasi.re.kr/learning/pageView/5299)의 "천문우주지식 정보"에서 '별자리 전설〉천문학습관〉별자리〉별자리전설〉쌍둥이'를 참고함.

그리스 로마 신화에 나오는 신 제우스가 스파르타의 왕비 레다를 유혹하려고 백조로 변신해서, 결국은 쌍둥이 형제 두 명을 낳았대. 그렇게 해서 낳은 쌍둥이 형제의 이름은 카스토르와 폴룩스야. 제우스 신의 아들이었기에 힘이 세고, 지혜와 용기를 지닌 형제로 태어났대. 형인 카스토르는 말타기를 잘했고, 동생 폴룩스는 권투를 잘하는 불사신의 몸을 가지고 태어났다고 해. 이 두 형제는 어느 날, 황금 양피를 찾으러 길을 떠났는데 배가 그만 폭풍에 가라앉고 말았대. 그래서 폭풍을 잠잠하게 하려고 아폴로의 아들인 음악의 신, 오르페우스가 하프를 연주했대. 그 음악이 너무 아름다워서 곧 폭풍이 고요해지고, 두 형제의 머리 위로는 별들이 나타났대. 그걸 본 사람들은 쌍둥이 형제가 폭풍우를 고요하게 한 줄 알고, 이 형제를 항해자와 모험가의 수호신으로 여겼대. 그 이후에 시간이 흘러, 두 형제가 예쁜 두 자매에게 반했는데, 그 자매를 차지하려고 욕심을 부리다가 결국은 그녀들의 약혼자들과 다툼까지 벌이게 되었어. 그 다툼으로 카스토르는 그만 죽고 말았대. 불사신이었던 폴룩스는 해를 입지 않았지만, 카스토르의 죽음에 대한 상실감을 견디지 못하고 자신도 따라 죽어 카스토르 곁으로 가고 싶어 했대. 그렇지만 폴룩스는 불사신의 몸을 가지고 있어서 죽을 수가 없었어. 절망한 폴룩스는 아버지 제우스를 찾아가 자신도 죽게 해 달라고 간곡히 부탁했대. 제우스는 죽음까지 함께하려고 하는 형제의 우애에 마음이 움직여서 그 둘이 하루의 반은 지하에서, 반은 지상에서 함께할 수 있게 만들어 주었대. 제우스는 이들의 아름다운 우애를 기념해 주었고, 그들의 영혼이 나란히 올라간 별자리가 바로 쌍둥이자리래."

"우와! 오빠는 그 긴 전설을 어떻게 그렇게 자세히 기억하고 있어? 놀랍다."

"두 형제의 우애가 특별히 아름다워서 하나하나 다 기억이 나. 죽음까지 따라가려는 형제의 우애라니 말이야."

"오빠가 먼저 떠났어도……. 나도 오빠 곁에 머물려 했을 거야."

"그런 생각은 하지 마. 잎새야. 혹시 그런 날이 와도, 너는 살아야 해."

"……. 그래도 오빠가 나보다 먼저 떠나는 건 상상하기도 싫어. 그러니 꼭 내 곁을 지켜주기다?"

잎새는 박하의 새끼손가락을 가져다가 자기 새끼손가락에 걸고 가만히 생각에 잠겼다. 새끼손가락에 걸린 둘만의 약속을 오래도록 곱씹는 잎새. 잠잠한 고요를 깨듯, 박하가 별자리 전설에 이어서 이야기했다.

"제우스처럼 바람둥이 남편을 둔 아내들은 정말 힘들 거야. 우리 아버지는 엄마밖에 모르시는 순애보 민들레셨거든. 그래서 한 번도 어머니는 아버지의 사랑을 의심하지 않으셨나 봐. 아마 천국에서 부모님은 그렇게 잉꼬부부로 지금도 살고 계실 것 같아."

"오빠가 이렇게 다정한 성격을 지닌 게 다 이유가 있었구나. 내겐 한 가지 바람이 있어."

"어떤 바람?"

"우리, 이렇게 오래도록 같이 걸을 수 있었으면 좋겠어. 오빠가 할아버지 될 때까지도……. 계속 편지 써줄게."

그 말을 잇는 잎새는 박하와 눈을 정면으로 마주치지 못하고, 먼 산을 그윽하게 응시했다. 그 시선은 마치 먼 미래의 그날이 다가오길 잠잠히 기다리는 듯했다. 그날 밤, 둘은 찰랑찰랑 하늘 바깥으로 넘칠 것 같은 별들을 바라보며 밤늦게까지 대화를 나눴다. 잎새가 박하의 손을 지긋이 끌어다가 자신의 손으로 가져가며 말했다.

"오빠. 내 또 다른 꿈은 저 반짝이는 별처럼 어둠의 고난에도 수그러들지 않는 작품을 남겨서, 독자들의 영혼 속에 풍성한 별의 씨앗을 심어주는 거야."

"그래? 그러면 내가 네 글에 영감을 주는 사람이 되도록 노력해 볼게. 매주 한 개씩 별자리의 전설을 공부해 와서 이야기해 주면서 말이야. 그 이야기들이 네 글에 빛나는 소재가 되어 줄 거야."

잎새의 꿈을 자신의 꿈처럼 응원하며, 영감을 불어넣어 주고 싶어 하는 박하가 그녀는 고마웠다. 둘의 첫 여행은 그렇게 별로 시작해서, 별로 인한 꿈을 꾸며 마무리되었다.

버려진 황금 열쇠

꿈결 같은 여행을 마치고, 박하와 잎새는 평범한 일상으로 되돌아갔다. 어느덧 한 계절이 지나갔다. 일상에 돌아가서도, 둘은 자주 데이트를 나누며 서로의 일상에 익숙한 체취로 빠르게 스며 들어갔다. 그러나 박하가 잎새의 일상에 깊이 관여될수록, 처음과 다르게, 그녀는 때때로 서운한 감정이 짙어졌다. 잎새와의 데이트 약속이 있는 어느 날, 박하는 약속 시각보다 두 시간 늦게 나타났다.

"오늘 무슨 일 있었어? 나 두 시간이나 기다리게 하고……."

"미안, 잎새야. 사실은 노점상에서 나물 파시는 할머니 있지……. 그때 우리 지나가다가 같이 인사드렸던 분, 그 할머니 때문에……. 할머니가 글쎄 무거운 짐을 들고 계시는데 집이 너무 멀다고 하시는 거야. 허리도 불편해 보이시고 해서 집까지 파시는 물건 좀 들어다 드리느라 늦었어. 너무 많이 기다리게 했지? 미안해."

"할머니 도와드리느라고 늦은 거야? 그래도 약속 시각도 있는데 좀 일찍 오지."

잎새는 많은 말을 하지 않았다. 박하의 태도에 부풀었던 마음 한편이 힘없이 주저앉는 듯했다. 그가 데이트할 용돈조차 없이 잎새를 만날 적마다, 박하는 이렇게 말하곤 했다.

"미안, 잎새야. 할머니가 너무 추위에 떠시면서 채소를 파시길래, 그걸 다 사느라고 용돈을 다 써버렸어. 어쩌지?"

"그래도 오늘 내 생일인데 용돈을 그렇게 다 써버렸어?"

"미안해. 할머니 처지가 너무 딱해 보여서 그냥 지나칠 수가 없었네. 미처……."

박하가 타인을 배려하고 위하는 어진 성품 때문에 잎새는 때때로 우선순위에서 밀려났다.

'나를 다른 사람만큼 중요하게 생각하지 않는 건가.'

이런 생각에 미치자, 잎새는 지금껏 박하에게 들었던 신뢰의 감정이 조금씩 깎여 내려갔다. 서운한 감정이 복잡한 사거리에 먼지처럼 소리 없이 뿌옇게 쌓여가던 어느 날, 박하의 생일이 다가왔다.

"생일 축하합니다. 생일 축하합니다. 사랑하는 박하 오빠의 생일을 축하합니다. 후… 후…."

박하는 잎새의 축복을 받으며 생일 초를 단숨에 껐다.

"자! 오빠! 여기 생일 선물이야. 어서 뜯어 봐!"

"나 정말 괜찮은데…. 뭐 이런 것까지 준비했어?"

그는 미안함 반 고마움 반이 뒤섞여서 그녀가 정성스럽게 포장한 작은 선물 상자를 서둘러 풀어 보았다. 기대감으로 풀어헤친 선물 상자 속에 황금 열쇠 하나가 낯선 광채의 몸을 드러냈다.

"어? 황금 열쇠네. 이거 꽤 비쌀 텐데…. 잎새 네가 무슨 돈이 있어서 이렇게 비싼 걸 준비했어? 아, 정말 미안하네……. 고마워. 잎새야. 잘 간직할게."

"오빠한테는 그 어떤 것도 아깝지 않아. 나 아르바이트해서 모아둔 돈으로 산 거야. 이 황금 열쇠가 어떤 의미를 지니고 있을지 오빠 궁금하지 않아?"

"어떤 의미인데?"

"오빠 인생에 있었던, 모든 닫힌 문들을 열어주는 행운의 열쇠가 될 거야. 이 황금 열쇠가……. 지금껏 살아오면서 오빠 힘든 일도 많았잖아. 이제부터 그런 일들이 닥치면 이 열쇠가 닫혀있는 인생의 문들을 모두 열어 줄 거야. 그런 의미에서 선물한 거야. 어때? 마음에 들어?"

"잎새야. 정말 고마워. 이런 과분한 선물을 받아도 될지 모르겠다. 잘 간직하고 소중히 쓸게. 고마워."

잎새는 박하의 얼굴에 번지는 미소를 보고 그동안 서운했던 감정들이 조금씩 녹아내리는 걸 느꼈다. 그의 인생 속에 엉킨 실타래 몇 올쯤은 벌써 풀어준 것 같아 잎새의 얼굴에도 미소가 옮겨졌다. 그러나 이 미소는 오래가지 못했다. 박하에게 황금 열쇠를 준 지 몇 달이 지난 어느 오후, 잎새는 박하가 황금 열쇠를 잘 간직하고 있는지, 또 황금 열쇠 덕에 어려운 일이 풀리는 행운을 경험하는지 자못 궁금했다. 그래서 그에게 물었다.

"오빠! 내가 준 황금 열쇠 잘 간직하고 있지?"

그 순간, 박하의 낯빛에 약간 당황한 기색이 지나갔다. 박하의 예사롭지 않은 낯빛에 불길한 예감이 들었던 잎새는 그에게 다시 물었다.

"오빠. 왜 대답이 없어……. 황금 열쇠 잘 가지고 있지? 그 이후로 뭐 좋은 일 생긴 것 없어?"

"어……. 잎새야……. 실은……. 오빠가 황금 열쇠를 누구한테 줬는데……."

박하는 더듬거리며 말을 잘 잇지 못했다. 잎새는 깜짝 놀라 저도 모르게 큰소리를 지르며, 그에게 곧바로 되물었다.

"뭐? 황금 열쇠를 줘 버렸다고? 내가 그걸 얼마나 힘들게 구한 건데……. 그걸 누굴 줬어?"

"으응……. 사실은 우리 학교 앞에 노숙자가 매번 보이는데 사연이 너무 딱해서……. 팔아서 보태 쓰라고 그 사람한테 줬어."

잎새는 할 말을 잃고 멍해졌다. 몇 달 치 아르바이트비를 털어서 마련한 황금 열쇠를 남한테 바로 줘 버리다니……. 잎새는 자신의 성의가 쓸모없어진 옷처럼 쉽게 내쳐진 듯한 느낌을 받았다. 그녀는 다시 말수가 적어졌다. 그가 무심히 버린 옷가지들이, 잎새의 마음 창고에 차곡차곡 쌓여가는 것만 같았다.

'오빠는 내가 얼마나 힘들게 이 선물을 마련한 줄 모르는 걸까……. 성의를 이렇게 무시하다니…….'

박하에게 도움이 되는 사람이 되었다고 홀로 좋아했던 순간이 허무하게 사라진 것만 같아서 잎새의 눈가에는 슬며시 눈물까지 솟아올랐다. 서운한 감정이 밤사이 내린 함박눈처럼, 잎새의 가슴 속에 소복이 쌓여갔다.

'박하 오빠의 우선순위에는 내가 없나 보다…….'

박하의 심정을 이해하기 힘들었던 잎새는 박하와 교제를 계속해도 될지 고민했다. 멋쩍어하는 그를 카페에 홀로 남겨두고, 아무 말도 하지 않는 잎새. 그렇게 침묵으로 일관하다가, 그녀는 집으로 되돌아와 버렸다. 영문도 모른 채 무조건 사과하는 박하에게 잎새는 생각할 시간을 갖자며 더 이상의 답장을 해 주지 않았다.

그렇게 박하와 연락을 안 한 지 한 달이 다 되어 가던 날, 잎새는 학교에서 돌아오는 길에 홀로 마음을 삭이려 산책하다가 노점상 할머니와 우연히 마주치게 되었다. 박하가 자신의 용돈으로 남은 채소를 모두 사드리느라 데이트 비용이 부족해졌던 적이 있었는데, 그때 그 할머니였다. 그날 할머니는 추위에 손이 갈라졌고 몸도 지탱하기가 힘겨워 보였다. 잎새는 자기도 모르게 할머니 가까이 다가섰다. 박하 오빠였다면 이 물건을 모두 사 드렸겠지, 생각하며 할머니를 물끄러미 바라보았다. 몸이 불편해 보이는 할머니는 날 선 겨울바람에 금방이라도 쓰러질 것 같았다. 할미꽃 허리처럼 위태로워 보였다. 매서운 바람에 맥없는 종이처럼 펄럭거리는 할머니의 치마를 보니, 박하가 왜 할머니의 물건을 모조리 샀는지 그 심정이 조금은 헤아려졌다.

"할머니, 이 물건들 제가 다 살게요. 얼마나 드나요?"

얼마 남지 않은 아르바이트 비용을 모두 끌어모으며 한참을 망설이다 잎새가 우물쭈물 말했다. 노점상 할머니는 잎새를 바라보며 움츠렸던 어깨를 활짝 펴고 고마움을 표했다.

"이 동네에는 세상에……. 기특한 천사들이 이렇게 많이 사는구려 그래. 내가 저번에도 한 청년이 내 떨이 채소를 다 사줘서 일찍 집에 들어갈 수 있었는데 오늘도 행운을 만났어. 아, 얼마나 고마운지 몰라. 내 자식들도 지들 살기 바빠서 부모 도울 생각도 안 하는데 자식뻘 되는 천사들이 이렇게 와줘서 내 물건을 다 팔아줘. 덕분에 이 매서운 날씨에 난 감기에 걸리지 않았지, 뭐야. 콜록콜록. 고맙구려. 착한 아가씨.”

　박하를 이해해 보려는 마음으로 다가선 할머니에게 뜻밖의 칭찬을 듣자, 잎새는 얼굴이 확 뜨거워졌다. 그의 선한 마음이 이해되기 시작했고, 그 선한 마음 때문에 둘의 관계를 고민했었는데, 어리석었다는 생각이 들었다.

　'오빠와 관계를 회복해야겠어.'

　마음이 기울었다. 그렇게 한 번의 위기를 겪고 난 잎새와 박하의 인연 줄은 언제 그랬냐는 듯, 더욱더 단단하고 튼튼하게 굵어져 갔다.

28개의 별자리
징검다리에서

　박하와 잎새가 잡은 인연의 줄이 화려한 절정을 이루며, 행복의 나이테를 나날이 더해 갔다. 둘은 그 이후로도 자주 여행을 같이 다녔고, 박하는 여행지에서 약속한 대로 별자리의 전설들을 하나씩 나눠주었다. 별자리 이야기들은 잎새의 글 창고 속에 하나씩 모여 미래의 영감으로 쌓여갔다. 그렇게 둘이 함께했던 2년이 눈 깜박할 사이에 지나갔다. 어느 봄날, 박하는 잎새를 호랑이군 물병면 전갈리 쌍둥이동 앞 사수천에 있는 돌다리로 데려갔다. 농다리라고 불리는 문화재 다리였다. 불그스름한 빛깔의 돌들이 연어의 비늘처럼 하나씩 쌓여 교각을 이루고 있었다. 크기가 각각 다른 돌들이 쌓여서 유선형으로 오므라져 있고, 돌들은 한결같이 강한 물살에도 쓸려가지 않도록 고안해 놓아서, 단단하고 견고해 보였다.

　"이번에는 무슨 이야기를 해 주려고 오빠, 날 이곳까지 데리고 온 거야?"

 붉은 철쭉꽃처럼 화사한 진홍색 원피스를 차려입은 잎새가 종달새처럼 재잘거리며 박하에게 물었다.

 "이 징검다리는 농다리로 불리는 문화재야. 고려 초기 임 장군이 처음 건축했어."

 "아, 그래? 정말 오래된 문화재구나. 이 농다리가 여느 징검다리와 다른 점이 뭐야?"

 "이 농다리의 28칸 교각은 하늘 별자리 28수를 나타내도록 배치되어 있어. 음과 양의 기운이 서려 있는 돌을 사용해서 건축했다고 알려졌지. 이곳의 28수 별자리를 헤아리면서 이 징검다리를 다 건너가면 소원이 이뤄진대."

 "아! 정말이야? 진짜 신기하다. 오빠는 어떤 소원을 빌려고 여기까지 온 거야?"

 "내가, 이 징검다리 하나하나 짚으면서 내 소원을 기도해 볼게. 잎새가 들어줄래?"

 "알았어. 내가 오빠 소원 하나하나 놓치지 않고 따라갈 테니 지금부터 잘 빌어 봐."

 첫 번째 징검다리를 밟으며 박하가 외쳤다.

 "잎새의 건강!"

 두 번째 징검다리 위에 올라서서 이어 외쳤다.

"잎새의 행복!"

세 번째 징검다리 위에 다다라서 외쳤다.

"잎새의 작가로서 꿈의 결실!"

네 번째 징검다리를 정복하고는 외쳤다.

"잎새의 소망!"

다섯 번째 징검다리를 딛고 외쳤다.

"잎새의 평온!"

여섯 번째 징검다리 위에서 외쳤다.

"잎새의 안정감!"

일곱 번째 징검다리에 다다라 외쳤다.

"잎새의 기쁨!"

여덟 번째 징검다리에 서서 외쳤다.

"잎새의 윤택함!"

아홉 번째 징검다리를 딛고 외쳤다.

"잎새의 가치관 실현!"

열 번째 징검다리 위에 서서 외쳤다.

"잎새의 맑은 미소!"

열한 번째 징검다리 위에서 외쳤다.

"잎새의 밝은 영혼!"

열두 번째 징검다리를 딛고 외쳤다.

"잎새의 반짝이는 글!"
열세 번째 징검다리에 다다라 외쳤다.
"잎새의 아름다운 모습!"
열네 번째 징검다리에 서서 외쳤다.
"잎새의 활기 넘치는 삶!"
열다섯 번째 징검다리를 정복하고 외쳤다.
"잎새의 가치 있는 선택!"
열여섯 번째 징검다리 위에서 외쳤다.
"잎새의 빛나는 미래!"
열일곱 번째 징검다리에 다다라서 외쳤다.
"잎새의 자아실현!"
열여덟 번째 징검다리에서 외쳤다.
"잎새의 굳건한 믿음!"
열아홉 번째 징검다리 위에서 외쳤다.
"잎새가 받게 될 사회에서의 인정!"
스무 번째 징검다리에 서서 외쳤다.
"잎새의 물질적 안정!"
스물한 번째 징검다리를 딛고 외쳤다.
"잎새의 소중한 인간관계!"
스물두 번째 징검다리에 다다라 외쳤다.

"잎새가 추구하는 삶의 의미 찾기!"

스물세 번째 징검다리를 정복하고 외쳤다.

"잎새가 추구하는 노력의 열매!"

스물네 번째 징검다리 위에서 외쳤다.

"잎새의 만족감!"

스물다섯 번째 징검다리에 서서 외쳤다.

"잎새의 영적인 복!"

스물여섯 번째 징검다리에 다다라 외쳤다.

"잎새의 기도!"

스물일곱 번째 징검다리 위에서 외쳤다.

"잎새의 소명!"

스물여덟 번째 징검다리 위에서 마지막으로 심호흡하고 박하가 제일 크게 하늘을 향해 외쳤다.

"잎새와 박하와의 영원한 사랑!"

마지막 소원을 말한 박하는 크게 숨을 쉬었다. 농다리에서 오래 묵혀두었던 그의 소원이 마침내 여물은 듯했다. 그는 잎새를 부드럽게 안아 주었다. 잎새는 마치 오래 기다리던 박하의 마음을 징검다리에서 전해 받은 듯, 스물여덟 개의 소원에 둘러싸여 얼굴을 붉혔다. 그녀의 홍조 띤 미소 위로 노을이 사랑의 세레나데를 잔잔히 연주하고 있었다.

그가 사라진 꿈

잎새와 박하는 그들만의 나무에 한결같이 물을 주며 시간을 흘려보냈다. 그 묘목이 어느새 장성한 나무가 된 것만 같았다. 그러던 어느 밤이었다.

"오빠! 여기 정말 아름답지 않아? 오빠랑 같이 이곳에 와서 좋아."

"……."

"응? 오빠가 어디 갔지? 오빠? 오빠 어디 갔어? 나 혼자 놔두고 갑자기 어디로 사라졌지?"

화들짝 놀라서 주위를 두리번거리던 잎새. 사방팔방을 다 찾아보아도, 함께 배낭을 메고 여행지로 향하던 박하는 어디에도 보이지 않았다. 잎새는 한참을 혼비백산한 채로 그를 찾아 헤맸다. 그 어디에도 그는 없었다. 정적만이 고요히 흐를 뿐이었다.

"오빠? 오빠? 어디 있어?"

머리를 흔들며 잎새가 몸을 뒤틀었다가 침대에서 굴러떨어졌다. 꿈이었다. 박하가 갑자기 사라져 버린 꿈. 먼 여행지를 함께 떠나기로 약속한 둘이었다. 그런데 갑자기 그가 보이지 않고, 잎새 혼자 여행지에 덩그러니 남겨지게 된 꿈을 꾸게 된 것이었다. 잎새는 불길한 마음에 박하에게 급하게 안부 문자를 보내 보았다. 평소와 다름없이 그는 잎새에게 잘 잤냐고 다정하게 답글을 보내올 뿐이었다.

'꿈이었구나. 너무 생생해서······. 왜 이런 꿈을 꾸었지?'

잎새는 왠지 모를 찝찝한 느낌에 사로잡혔다.

'그냥 꿈일 뿐이야. 너무 신경 쓰지 말자. 개꿈인가 보지······.'

그녀는 애써 자신을 달래며 그날 밤, 불길한 꿈을 그대로 잊어 버렸다.

불꽃놀이

　단란한 봄을 보내고, 한여름이 찾아왔다. 한여름에는 근교의 바다 공원에서 불꽃놀이가 열렸다. 여름이었지만, 해가 진 후, 땅거미가 내려앉은 하늘 공기는 여전히 서늘했다. 그 냉기 속에서, 잎새와 박하는 서로의 손을 맞잡고, 체온으로 서늘함을 데워 주었다. 준비된 하늘 밤 극장이 모든 생물을 멈춰 세우고, 불꽃놀이에 초대했다.
　펑! 펑!
　루비 보석이 붉은 가루로 흩날렸다.
　펑! 펑!
　사파이어 보석도 초록 가루로 분분히 흩어졌다.
　펑! 펑!
　하늘 끝까지 날아오른 화성도, 금성도, 명왕성도 환하게 부풀어 올랐다가 행복한 보석 가루로 잔잔히 흩어져 내려앉았다. 흩어져 내리는 보석 가루들은 박하와 잎새의 사랑 약속을 등에 업고, 하늘하늘 흩날리며 둘을 축복했다. 우리라는 이름이 가져다 준, 사랑의 약속이 만개해서 하늘에 피어났다가, '펑' 하고 터져 둘을 감싸안았다. 잎새와 박하가 함께할 미래가 하늘 저 높이 우주 행성이 되어 솟아오르니, 둘은 더는 부러울 것이 없었다. 우리라는 이름이 가져다주는 그 안정감이 하늘 품에 포근히 안기며 축가를 불러 주었다. 박하와 잎새는 불꽃놀이의 보석 섬유 한 올 한 올을 조심히 엮어 하늘에 수를 놓으며 깊어져 가는 여름밤을 함께 흘려보냈다.

2부

기찻길 여행과
사라진 그믐달

너를 향한 기찻길 여행

"응? 내 윗니 하나가 갑자기 빠져 버렸네?"

잎새의 윗니 하나가 시름시름 흔들바위처럼 흔들거리다가 쑥 하고 허무하게 빠져 버렸다. 빠져 버린 윗니가 지나치게 시리고 허전해서, 그녀는 한참 동안 이빨이 빠진 그곳을 혀로 부드럽게 문질러 댔다. 윗니가 빠진 자리에서 선 분홍색 피가 흥건히 배어 났다.

삐리리리 삐리리리 삐리리.

한 계절이 지난 어느 겨울날 아침, 요란한 알람 소리에 잎새는 그것이 꿈이었음을 깨달았다.

'또 이상한 꿈을 꾸었네? 요즘 내가 왜 이렇게 이상한 꿈을 많이 꾸지?'

그녀는 어리둥절한 마음에 고개를 갸우뚱거리며 시끄러운 알람을 껐다.

'오빠는 잠에서 깨어났나?'

잎새는 일어나자마자 어젯밤, 박하에게 보낸 카톡 메시지를 확인해 보았다. 노란 1자가 아직 지워지지 않은 상태로 계속해서 떠 있었다. 늘 5분 이내로 카톡 메시지를 확인하는 박하였기에 그녀는 의아한 마음이 들었다.

'왜 이렇게 오래 카톡 메시지를 안 보지? 무슨 일이 있나?'

잠시 걱정하던 잎새는 무슨 일이 생겼나 의아해하며, 아침 첫 수업을 들으러 가기 위해 책가방을 쌌다. 수업 내내 자신도 모르게 박하의 메시지를 기다렸지만, 수업에 집중하자는 생각으로 핸드폰을 애써 멀리했다.

오후 2시.

여전히 박하는 잎새의 메시지를 읽지 않고 있었다. 평소와 너무 달랐다. 그는 아무리 늦어도 10분 안에는 카톡 답장을 해주는 사람이었기 때문이다.

'이상하다. 오늘 많이 바쁜가?'

잎새는 수업을 마치고 늦은 점심을 먹었다. 기나긴 정적이었다. 마치 1년은 지나간 듯한 느낌이 들었다.

"카톡!"

카톡 알림 울음소리가 마침내 들렸다. '드디어 오빠인가 보다.'

잎새는 한걸음에 달려가 핸드폰을 집어 들었다. 그 핸드폰 메시지가 어떤 파장을 가져다줄지 미처 돌아볼 사이도 없이…….

"잎새 씨, 박하 이모예요. 급히 드릴 말씀이 있어요. 010-xxx-xxxx로 연락 부탁드려요."

처음이었다. 그의 이모가 잎새에게 이렇게 연락을 취한 것은……. 잎새의 가슴에서 심장이 쿵쿵쿵 긴장해서 고동치는 소리가 그녀의 귓가까지 울려왔다.

"여보세요, 잎새 씨. 박하가 어젯밤 심정지로… 지금 우주병원 영안실에 있어요."

"네? 뭐라고요? …… 갑자기요?"

잎새의 호흡이 거칠어져서 대답하는 목소리도 고음이 되었다. 어제까지만 해도 박하와 잎새는 서로의 미래를 약속하는 카톡을 나누며 잠자리에 들었는데, 박하 오빠가 갑자기 세상을 떠났다니, 그의 이모가 하는 말을 잎새는 도저히 소화할 수가 없었다.

"잎새 씨가 박하 얼굴 보고 싶다고 하면 그렇게 해 드릴게요. 지금 병원 냉동실에 있어요……."

수화기 너머 박하 이모의 목소리가 가늘고 미세하게 떨려왔다. 눅눅하고 축축하게 젖어 있는 목소리였다.

"네. 지금 당장 가볼게요."

미처 소화하지 못한 박하 이모의 메시지가 목에 가시처럼 걸린 채로, 잎새는 서둘러 병원 영안실로 찾아갔다. 박하가 갑자기 이렇게 떠나게 된 이유는 동맥경화 심근경색이었다. 그가 그런 병을 앓고 있는지 부검 결과가 나올 때까지 아무도 알지 못했다. 심지어 박하 자신조차도 말이다. 병원에는 각가지 병마에 시달리는 환자들이 질병과 사투하느라 시들시들해졌다.

 '삐이삐이…'

 의료 기기 작동 소리와 시름을 연발하는 환자들의 목소리로 병원은 몸살을 부쩍 심하게 앓았다. 삶과 죽음의 투쟁을 벌이는 경계선에서, 이미 박하는 패배한 채 전사해 있었다. 이곳에서만큼은 환자들의 희망이 절망을 이기지 못하고 있었다. 그들의 소프라노 시름 소리는 병실을 가득 메웠다. 환자들은 허옇게 얼어붙은 바닷가에서 갈매기가 비명을 지르듯, 삶과 죽음의 경계를 끼룩끼룩 맴돌았다. 통증으로 인하여 연신 높은 음조로 소리를 질렀다. 시름겨워하는 환자들의 숨소리가 병실에 깔려서 장송곡을 엄숙하게 연주했다. 그 무거운 연주 소리를 따라, 박하는 한순간에 세상 밖으로 내던져졌다. 한순간이었다. 그의 생명이 풀썩 그렇게 꺼져버린 순간은…….

 박하의 육체는 그렇게 허망하게 있었다. 지푸라기가 불꽃에 던져져 단숨에 타버리듯 한 줌의 재가 되기만을 기다리고 있었다.

그러나 차가운 냉동실에 얼려서 보존한 그의 신체는 아무 일도 인식하지 못하는 듯 곤히 잠들어 보였다. 그렇게 아무것도 모르고 평화롭게 잠든 것 같은 얼굴 위로, 잎새의 뜨거운 눈물이 떨어졌다. 잎새가 흘린 눈물의 온도가 아무리 뜨거워도 박하의 냉동된 얼굴은 녹을 줄 몰랐다. 한때 분분히 흩날리는 벚꽃 같았다. 찬란한 아름다움을 자랑하던 눈발도 대지에 닿자마자 이내 녹아 사라지는 듯했다. 그렇게 한 사람의 소중한 존재도 순식간에 세상 밖으로 내던져졌다. 누구도 대신 가줄 수 없는 인생 바깥의 길을 휘적휘적 홀로 떠나간 박하. 그가 떠나버린 자취를 되짚으며 잎새는 허공에 대고 간절하게 불러 보았다.

"오빠……."

차디찬 겨울의 공기만이 우수수 우수수 스산한 거리를 맴돌았다. 잎새의 부름에 응답하는 것은 아무것도 없었다. 그 고요함 속에서, 지난 시절의 따스했던 기억만이 잎새의 마음에 울려왔다. 눈부셨던 사랑의 약속. 지난날 매 순간을 함께하기로 했던 장밋빛 약속들이 한순간에 새까맣게 변색하였다. 그의 죽음으로 우리라는 명찰을 달았던 잎새는 다시 홀로라는 이름을 지니게 되었다.

'잘 자라 우리 아가! 앞뜰과 뒷동산에 새들도 아가 양도 다들 자는데 달님은 영창으로 은구슬 금구슬을 보내주는 이 한밤. 잘 자

라 우리 아가! 잘 자거라!'

갑작스러운 변화를 소화하지 못한 잎새는 잠을 이룰 수가 없었다. 허옇게 눈을 뜨고 밤을 지새우자, 박하가 잎새에게 불러 줬던 자장가가 떠올랐다. 여행을 함께 갔을 적, 그가 캐모마일 차를 끓여주며 불러 주던 자장가였다. 불면증으로 힘들어하던 그녀를 위한 것이었다.

"난 오빠 아가가 아닌데……."

자장가를 불러 주던 그에게 장난기 섞인 목소리로 애교 부리던 잎새의 대답도 이어서 떠올랐다. 박하의 자장가 소리가 귓가를 맴돌자, 그의 부재가 더 강하게 느껴졌다. 그렇게 그의 죽음을 실감하다가도 어느 순간, 그가 잎새의 이름을 부르며 현관문을 확 열고 들어올 것 같은 착각도 흠칫 들었다. 그러나 그 기분 좋은 착각은 곧 차가운 현실로 바뀌었다. 시간이 지날수록 그 착각이 현실이 될 수 없음만 깨달을 뿐이었다. 열리지 않는 현관문은 우두커니 어두운 그림자만 나날이 길게 드리우고 있었다.

곧 연말이 되어 크리스마스가 다가왔다. 이 시즌이 되면 주위는 온통 오색찬란한 크리스마스 전구들로 차가운 바람마저 들떠있었다. 한창 들떠있는 분위기 속에서도 잎새의 마음속 공간에서는 박하의 빈자리만 한층 더 두드러지게 떠올랐다. 그 빈자리의 몸집이 허전해서 그녀는 마음이 시렸다. 잎새의 전화기에서 들려오는 여기저기서의 연말 약속들이 성가시게 느껴져 전화기 충전기도 빼놓았다. 박하가 남기고 간 빈자리가 자꾸 눈에 밟혔지만, 그렇다고 해서 북적거리는 사람들 틈에 어울리고 싶지는 않았다. 홀로 빈방에 틀어박혀 숨죽인 채로 울먹이다 잠들기를 반복했다. 축젯날이 다가올수록 잎새의 마음에는 자신도 모르는 사이 서리가 서렸고, 이유 없이 떨렸다. 방 한구석에 온종일 틀어박혀 있던 잎새. 그런 그녀가 유일하게 밖으로 나오는 시간은 해 질 녘 오후 다섯 시쯤이었다. 아려오는 마음을 겨울옷 여미듯 구깃구깃 여미고 추위에 떨며 한참 동안 지는 해를 바라다보았다. 석양의 태양이 따스한 빛살을 보내며 잎새를 위로하듯이 감싸안는 시간. 구름 사이로는 황혼의 천국이 펼쳐진 듯, 하늘로 향한 문이 잠시나마 빼꼼히 열려서 그녀의 마음을 끌어당겼다. 박하가 속해 있는 하늘에서의 발자취를 잠시라도 가까이서 느낄 수 있는 유일한 위로의 시간, 석양 녘. 잎새의 사랑 표현에 수줍게 미소 짓던 박하 얼굴의 홍조 같던 석양빛이 홀로 남겨진 그녀에게 다정하게 어깨동무를 청했다. 잎새의 시린 영혼을 잠시나마 치료해 주는 붉은 황혼의 태양. 석양으로 물든 저 하늘나라의 문턱. 그곳에 잠시 초대받은 잎새. 석양을 뚫고 찾아오는 저녁 하늘로부터의 위로.

그러나 그것도 잠시. 석양이 지고 나면 어김없이 침묵의 밤이 찾아왔다. 잎새는 무기력하게 침대 안에서 아무것도 하지 않은 채로 멍하니 시간을 보냈다. 박하가 떠난 뒤 그녀의 밤에는 늘 땅거미가 내려앉아 침전물처럼 깔렸다. 잎새는 그 어둠을 이불처럼 덮고 새벽녘이 될 때까지 초조하게 기다렸다. 한밤중의 어둠처럼 한숨 자고 일어나면 그 어둠이 어느새 지나가 있길 바라면서. 그러나, 하룻밤, 둘째 밤, 셋째 밤이 지나도 어둠은 여전히 그 자리에 머물러 있었다.

"오빠? 나 잎새야. 여보세요. 내 목소리 들려?"
"……."
"오빠? 오빠? 내 목소리 안 들려?"
묵묵부답인 박하의 핸드폰.

잎새는 아무 응답이 없는 그에게 전화를 거는 꿈을 자주 꾸다 깨어나곤 했다.
"오빠가 갑자기 이렇게 세상을 떠날 줄은 꿈에도 몰라서, 난 마음의 준비가 전혀 되지 않았어. 차라리 오빠가 시한부 인생이라도 살았더라면, 마지막까지 보여줄 수 있는 내 사랑을 최선을 다해 보여줬을 텐데……. 한없이 사랑만 퍼주다가 그렇게 훌쩍 떠나버리면 혼자 남겨진 나는 어떡하라고…….”

 박하의 사진을 원망스럽게 바라다보며 멍하게 울먹였다. 곧이어 둘이서 나누던 대화도 떠올랐다.

 '오빠. 내 꿈은 우리가 노인이 되어서도 손을 맞잡고 공원을 같이 거니는 거야.'

 '잎새야. 꿈을 크게 가져야지. 그건 이미 현실이잖아.'

 박하가 그녀에게 했던 말이었는데, 그때의 기억이 생생히 되살아났다. 그 기억에 이어서 대답하듯 잎새는 혼잣말로 박하의 사진을 바라보며 힘없이 속삭였다.

 "미래에 함께 늙어가고 싶다던 내 꿈이 소박하다고 그러더니, 오빠는 이렇게 소박한 내 꿈도 못 이뤄주고, 뭐가 급해 그리 빨리 떠났어?"

 그녀는 아무것도 모르고 웃고 있는 박하의 사진을 던지며 원망했다. 바닥에 뒹구는 그의 사진은 여전히 잎새를 바라보며 지난 시간의 행복한 나날을 모두 기억한다는 듯 미소 짓고 있었다. 그녀는 그의 환한 미소를 더 이상 마주할 수 없어 스산한 골목을 걷고 또 걸었다. 어두운 밤이었지만, 답답한 가슴을 가눌 수가 없어 밤바람이라도 맞아야 했다. 마음속에 자욱한 안개가 깔려서 잎새가 걷는 길도 더욱 아득하고 불투명하게만 보였다. 가슴 속에 잎새의 원망이 천천히 앙금처럼 가라앉을 때까지 하염없이 걸었다. 걸음을 옮길 때마다, 서러움이 찬 바람에 조금씩 흩어지길 바랐다. 그러나 함께 걷던 골목에 다다르자 참았던 눈물이 흘러내렸다.

'잎새야. 어두운 밤에 길을 잃으면 안 되니까 밤길을 갈 때 무서워지면 나한테 전화해.'

박하가 말했던 과거의 목소리가 그대로 들려오는 듯하여 잎새는 전화기를 멍하니 쳐다보았다. 그녀는 어두운 골목길, 밤눈이 어두워 집으로 가는 길을 유독 무서워했다. 그럴 때면 전화를 걸어 박하를 불렀고, 그는 자다 깨서라도 그녀를 집까지 바래다주곤 했다.

"집으로 돌아가는 길에 또다시 캄캄한 밤이 찾아왔는데, 오빠는 이렇게 혼자 멀리 떠나버렸어? 이제 나 혼자서 어떡하라고······."

잎새는 원망 섞인 목소리로 달빛 하나 없는 밤하늘을 향해 울먹였다. 그녀의 밤길을 자주 함께해 줬던 박하. 이제는 아무리 흔들어도 깨어날 수 없는 잠이 들어버렸다. 그녀의 어두운 골목길을 더는 밝혀 줄 수 없는 존재가 되어 버린 것이다. 서울의 공해가 심한 탓인지 밤하늘에는 별도 한 점 보이지 않았다. 저 밤하늘 어딘가에는 박하가 가르쳐 줬던 28가지의 별자리도 숨어 있고, 별자리 징검다리를 함께 건너며 외치던 28가지 소원도 소중히 묻혀 있을 터인데, 오늘 밤 그녀의 눈에는 아무것도 보이지도, 만져지지도, 느껴지지도 않았다. 한순간에 사라져 버린 별자리와 박하의 소원처럼, 그녀 역시 어디론가 조용히 사라지고만 싶었다.

잎새는 잠들기 전, 일기장에 그를 생각하며 글을 썼다.

「너를 향한 기찻길 여행」

너와 나의 길을 횡단하는 기찻길
그 끝이 없는 평행의 수평길.
인연의 끈을 따라 너를 향한 여행을 시작한다.

나의 기차가 너의 이름을 아련하게 부르니 형언할 수 없는 그리움에 귀가 먹먹해 온다. 기차의 목적지는 너였어. 하지만 선로에서 이탈하는 바람에 나는 탈선한 기차가 되고 말았어. 그 선로에 아무도 생각지 못한 너의 죽음이 새겨져 있었거든. 죽음이란 방해물이 너란 목적지에 도달하려던 착실한 여행 일정표를 송두리째 앗아가 버렸어. 네가 이렇게 빨리 영원한 잠에 빠져들어 버릴 줄은 몰랐어.

너라는 목적지까지 덜컹덜컹 달려가는 동안 수없이 맞이했던 풍경. 그 눈부시게 찬란했던 풍경들……. 설렘, 반가움, 동경, 행복, 환희. 이 간이역의 풍경들이 나를 한없이 들뜨게 했지. 그렇지만 간이역의 풍경은 내 곁에 오래 머무르지 못했어. 그 황홀한 풍경들은 달려가는 기차 뒤로 스쳐 지나가고, 순식간에 저 멀리 과거의 풍경으로 멀어져 가야만 했기에……. 나의 기차가 도달하기 전에 너는 먼저 하늘나라로 떠나버렸기에……. 목적지 잃은 나의 기차는 선로에서 그만 탈선해 버렸네. 탈선한 선로에서 힘없이 놔 뒹굴어져서 눈을 들어 물끄러미 하늘을 바라보니 네가 사는 하늘나라의 풍경이 눈에 들어왔어. 그 신비한 뭉게구름 너머로 그리움의 하얀 베일에 싸인, 너라는 선물이 둥실둥실 떠다녔어. 하늘나라의 너를 향해 외마디 외쳐봤지. "오빠 사랑해"라고…….

기억의 앨범 속에서 속절없이 쌓여가는 너라는 소중한 얼굴. 그 잊히지 않는, 날이 갈수록 더 선명해지는 너의 얼굴을 용기 내어 마음속 목탄을 들어 정성스럽게 그려보네. 영원히 지워지지 않는 이 목탄으로……. 특수 제작된 목탄. 한 번 그리면 절대 지워지지 않는 그리움의 빛깔을 지닌 목탄으로. 색이 바래지도 않고, 시간이 지나갈수록 더욱 아련한 빛깔로 나이가 드는, 너의 초상. 우리가 함께 마련했던 약속의 스케치북에 아직도 진하고 커다란 글씨로 박힌 두 글자, 진심이 반짝이고 있네. 세상은 지우개를 내밀고는 그 글자의 먹먹함은 곧 지워질 것이라고 위로하네. 세상이 내게 야속하게 내민 지우개, 흐르는 세월, 새로운 사랑, 망각……. 그러나 지우개의 질이 아무리 좋아도 처음 새겨넣은 진심이란 글자는 좀처럼 지워질 줄 모르네.

 지워지지 않는 얼굴을 더듬으며 선로를 따라 너를 향한 여행을 계속하네. 지난 여행에서 우리는 서로의 절망, 부끄러움, 아픔들을 자신의 것인 양 힘껏 끌어안아 주었지. 잠시 멈칫했던 우리의 휴식 시간마저 지금은 아깝게 느껴지는걸. 네가 그렇게 일찍 하늘나라로 떠나버릴 줄 알았더라면 좀 더 쉬지 않고 전진하는 고속 기차가 될 것을……. 너를 향해 가는 이 시간이 이렇게 빨리 강제 종료될 줄 알았더라면 조금 더 속도 내어 달려갈 것을……. 부화할 알을 소중하게 오래도록 품는 어미 새처럼 슬픔이란 알을 긴 시간 동안 고이 품고 있었다. 이 혹독하고 고독한 슬픔의 알에서 깨어날 새 생명은 대체 어떠한 존재이길래, 이리도 오래 슬픔의 알을 품고 살아가는 것일까.

 긴 철둑길 선로를 따라 탈선한 나의 기차를 한쪽에 놓아두고 어미 새가 되어 훌훌 날아본다. 오랜 시간 품었던 슬픔의 알을 더는 품고 싶지 않아서……. 한때 설렘과 환희, 기쁨과 행복이라 칭했던 너의 풍경을 이렇게 슬픔이란 이름으로 기억하고 싶지 않아서 모든 걸 툴툴 털어내려고 힘껏 날갯짓 해본다. 슬픔을 벗어나려는 어미 새의 간곡한 날갯짓. 하늘 높이 날아오르니 땅에서는 커다란 바윗덩이처럼 보였던 슬픔의 알도 자갈 알갱이처럼 하찮아 보였다. 그래. 더 높이, 더 멀리 날아오르자. 내가 품은 슬픔의 알이 저 사소한 자갈 알갱이보다 더 작아 보일 때까지……. 어미 새가 품던 슬픔의 알은 부화할 줄 모르는 알이었다. 오래도록 품고 있어도 새 생명이 태어나지 않는, 무기력하고 생기 없는 알. 오래 품고 있을수록 어미 새의 날갯짓만 더 무겁게 만드는 무력한 알.

그러던 어느 날은, 어미 새의 몸에서 깃털 하나가 빠져나가 이 세상 지면에 닿았다. 그 깃털이 땅에 닿자 간절한 몸짓을 보이며, 어미 새가 땅에 머물러 묵묵히 감당해야만 할 일들을 알려주었다. 그 깃털은 새의 몸에서 빠진 지 얼마 되지 않은 탓에, 아직 어미 새의 따뜻한 체온을 고스란히 간직하고 있었다. 그 깃털이 나의 어깨에 날아와 살포시 앉아 나에게 타이른다. 아직 내가 이 땅에 뿌리 내리고 있는 이상은, 이곳에서 둥지를 틀고, 그 둥지에서 성숙이란 이름의 생명체를 부화할 때까지 알을 품고 있어야만 할 의무가 있는 거라고……. 그래서 아직은 이 땅, 저 나무에 고이 지어놓은 나의 둥지를 떠나서는 안 된다고……. 이 땅에 속해 있는 나의 둥지를 떠나 네가 속한 그곳까지 날아가고픈 마음을 깃털 하나가 간곡히 붙든다. 이 이야기를 해 주기 위해 오래도록 고민했는지 깃털은 땀으로 축 젖어 처져 있었다. 나 자신이 새 생명을 부화시킬 수 있는 사랑의 알을 품어야 한다고……. 긴 기다림 끝에 너라는 목적지에 다다르게 될 그날에 품어야 할 사랑의 알을 위해, 지금 헛된 무생명의 알, 그 슬픔의 알을 품느라 헛수고하지 말라고…….

때로는 높은 창공을 향해 바람을 거슬러 날아오르는 것이 허락되는 날도 있겠지. 그렇게 날아오르면, 네가 사는 곳으로 인도해 줄 하늘 구름다리에도 어느 사이 도달해 있겠지. 그 하늘 구름다리를 무사히 건너가면 탈선해 버린 나의 기차도 너라는 목적지에 마침내 도착할 수 있을까. 너의 죽음으로 경로를 이탈해 버린 기차가 하늘 구름다리 넘어 네게로 날아가길 꿈꾼다. 하늘 저편의 먹구름이 나에게 일러준다. 우리의 인연은 진심으로 엮여서 아무리 헤어지려 해도 다시 만나게 되어 있는 인연이었다고…….

먹구름의 말처럼 수많은 간이역을 다 지나치고 나면, 돌고 돌아 하늘나라 저편의 너라는 종착지에 도달하게 될까. 하늘 구름다리를 타고 올라가 너라는 종착지에 마침내 다다를 때까지 턱밑까지 숨차 오르는 이 여행을 멈추지 않으리라. 그곳에 도달하면 우리 이름이 새겨진 사랑의 알을 다시 한번 품을 수 있겠지. 하늘 구름다리 너머에서 조심스럽게 부화할 그 사랑의 알을 영원히 품어 주리라. 새 생명이 부화되는 활기차고 생동감 넘치는 사랑의 알을……. 하늘나라 그곳까지 올라가며 흘린 애도의 눈물이 네 가슴에 닿을 때까지, 그리하여 마침내 사랑이라는 영원한 종착지에 안전하게 도달할 때까지…….

미처 못다 한 이야기가 종착지까지 달리지 못한 철로 위로 새하얗게 깔린다. 눈송이처럼 새하얗게 얼어붙은 철로 위로 수백 통의 기도 편지가 바람결에 속절없이 흩날렸다. 네게 가져다주지 못한 선물 꾸러미들, 너를 생각하며 모아두었던 마음들……. 모두 어찌해야 하나 망연자실했다. 너의 희망 어린 약속들은 이제 그림자만 남기고 흐늘흐늘 빛바래 가는데……. 그 그림자라도 아직 붙들고 놓아주고 싶지 않은 이 가느다란 희망.

그러나 이 모든 것을 견딜 수 있으리. 하늘나라 도착지 그 무지개 너머에서 네가 피곤했던 날개를 고이 접고 평온히 쉬고 있는 것을 확신할 수만 있다면……. 밤새 온통 새하얗게 서린 서러움도 감당할 수 있으리. 선로에서 이탈해 버린 채 옆으로 흐느적거리며 누워버린 나의 기차도 이 낯선 밤을 받아들일 수 있으리. 창밖으로 보이던 모든 사물에서 너에 대한 의미를 찾으려 했던 그 시절, 그때로 되돌아가지는 못할지라도 나는 견딜 수 있으리. 네가 하늘 그곳에서 무사히 쉬고 있음을 확신할 수만 있다면…….

이 무거운 기차를 벗어나서 어미 새가 되어 날아갈 그날, 너라는 목적지에 마침내 도달할 수 있을 것이기에……. 긴 여행지의 마지막 종착지. 끝이 보이지 않는 기나긴 두 개의 철로 수평선이 마침내 만나는 그날에…….

일기를 마치자, 잎새의 글을 같이 읽고 평해 주던 박하가 일기장 속에서 뚜벅뚜벅 걸어 나올 것만 같아서, 그녀는 밤새 깊은 잠을 잘 수 없었다.

사라진 그믐달의 엄마

박하의 죽음에 관한 수필을 쓰고 얼마 되지 않은 날, 잎새의 아빠는 매일을 침대 안에서만 무기력하게 보내는 그녀를 넌지시 불러서, 어렵게 말을 꺼냈다.

"엄마가 네게 미리 말하지 말라고 했는데……"

아버지는 말꼬리를 힘없이 흐리시고, 맥없이 처진 어깨 너머로 종이 하나를 건네준다. 다름 아닌 조직 검사 결과와 뼈 스캔 검사 결과지였다.

「Metastatic High-grade Urothelial Carcinoma (전이성 악성 요로 상피세포암종)」

「Interval significant progression of left supraclavicular and left axillary lymphadenopathy, presumably metastatic and causing the patient's symptoms (전이성 암, 왼쪽 쇄골상부와 왼쪽 겨드랑이 림프절병증의 중증 진행도가 환자의 증상을 야기하고 있다고 추정된다.)」

낯선 의학 용어들 사이에서 암이라는 단어가 크게 확대되어 보였다.

"······ 네? 무슨 말씀이세요, 아빠?"

그동안 아버지는 차마 엄마의 소식까지 전할 수가 없었다. 침대 속에 틀어박혀 아무것도 하지 않는 딸에게 무슨 말을 할 수 있었을까. 절망의 무게에 한결 버거운 절망을 더 해 주는 것만 같아서······. 비밀로 한 것은 잎새 엄마의 바람이기도 했다. 그러나 아버지는 마음을 바꾸었다. 딸이 아무 마음의 준비도 없이 엄마의 죽음을 맞닥뜨리게 된다면 더 큰 충격에 빠질 것을 염려했기에 엄마의 병명을 알릴 수밖에 없었다.

"더는 아무것도 병원에서 해 줄 수 있는 게 없다는구나. 항암 치료도, 방사선 치료도, 수술도······. 항암 치료를 하면 오히려 엄마의 생명은 더 단축되고 고통스러워질 거라고 권하지 않는다고 그러더구나······."

병원에서조차 일찍 단념해 버렸던 것이다. 잎새는 아무것도 아직 포기할 수 없는데 병원에서는 벌써 마음의 준비를 하라고 냉정한 통보를 보내온 셈이었다. 잎새와 아버지로서는 서서히 소멸해 가는 엄마를 무력하게 지켜볼 수밖에 없었다. 엄마를 살리기 위해 아무것도 할 수 없다는 사실 때문에 잎새와 아버지는 무기력했다. 부녀는 엄마를 살려보기 위해 암에 좋다는 항암 음식을 사와서 부지런히 드려도 보았다. 가지무침, 브로콜리 샐러드, 토마토 주스, 해독 주스. 모든 노력에도 불구하고, 엄마의 체중은 나날이 줄어만 갔다. 암세포가 엄마의 영양을 모두 앗아가는 것 때문에, 체중계를 매일 확인하는 것이 두려워졌다. 얼마 전, 오빠가 닫고 떠난 대문 밖으로 엄마까지 훌쩍 나가서 돌아오지 않을까봐, 잎새의 마음은 자꾸만 조여들었다.

 잎새의 엄마는 병색이 짙어졌다. 걷기를 힘들어할 만큼. 딸은 그런 엄마를 모시고 근처 호숫가 공원으로 나왔다. 호숫가 공원에는 푸른 크리스마스 전등 장식이 되어 있었다. 신비로운 푸른 빛이 호숫가의 안개와 부딪혀 형형색색의 아름다움을 한껏 자아냈다. 모녀는 그 아름다운 광경을 함께 바라다보았다.
 "엄마? 춥지 않아? 크리스마스 전등이 너무 예쁘다. 그지?"
 "와! 그래. 참 예쁘다. 정말 눈이 부시네."
 엄마는 힘겨운 가운데서도 감탄사를 연발하며 대답하였다. 이상했다. 잎새는 엄마와 함께 외출했던 시간이 항상 시원한 소풍 같이 느껴졌는데, 지금은 아름다운 풍경을 바라다보고 있어도, 풍경이 전혀 보이지 않고, 마음 한편만 시렸다. 오빠와의 이별에 대한 상처가 아물기도 전에, 엄마와의 임박한 헤어짐으로 상처를 덧입게 될까 봐 가슴이 저렸다. 여윈 밤과 대조적으로 푸르른 전등이 신비롭게 아름다워서 문득 두려워졌다.

'이 아름다운 광경도 앞으로는 엄마와 함께 바라보지 못하겠지.'

잎새는 생각했다. 공원 전체에 안개가 짙게 깔리고 앞으로의 나날들이 안개처럼 불투명하게 차 올라와서 막막해졌다. 푸른 빛 전구가 시퍼런 눈물방울로 아득하게 흐려졌다. 이미 소중한 이의 죽음을 경험하고, 깨달았다. 홀로 남겨진 자에게 가장 혹독했던 것은 함께했던 기억이었다고……. 이 순간을 아무리 소중하게 잡아두고 싶어도 영원히 붙들 수 없는 것이 지금, 이 순간이었다. 그 사실에 잎새의 마음이 묵직하게 아려왔다.

"잎새야. 엄마가 잎새한테 꼭 해 주고 싶었던 말이 있었어. 앞으로는 엄마가 이런 말 하기 힘들어질지도 모르니까 지금 할 수 있을 때 미리 해 둘게."

"……."

"잎새가 글쓰기 공모전에 떨어져서 속상해하는 걸 엄마가 많이 봤는데……. 예술가의 길을 걷는다는 건 자기와의 싸움이야. 남들과 너의 페이스를 비교하지 마. 남이 인정받았다고 네가 인정 못 받는 것도 아니고, 남들이 인정 못 받았다고 네가 더 높아지는 것도 아니야. 글 쓰는 걸 사랑해서 문학의 길을 선택했다면 공모전 결과에 너무 연연하기보다, 얼마나 네 진심을 잘 표현했을까에 관심을 두는 건 어떨까. 그 진심이 단 한 사람의 독자 마음에

라도 가닿아, 독자 마음속에 오염된 이물질도 깨끗이 소독해 주고, 갈라진 마음도 봉합해 줄 수 있게 된다면 그걸로 이미 성공한 거 아닐까. 공모전의 결과에만 연연하다 보면, 인정받지 못할 경우 버티지 못하고 글쓰기를 포기하게 될 수도 있어."

　엄마는 그녀가 오뚝이가 되는 법을 가르쳐 주던 듬직한 중력 같은 존재였다. 오뚝이가 넘어질 때 무게 중심을 아래로 끌어당기는 중력. 엄마는 그 중력의 힘으로 가장 무거운 부분이 아래로 내려갈 수 있도록 자세 잡는 법을 알려주었다. 그 덕분에 잎새는 일어설 수 있었다. 넘어지고 넘어져도 또다시 오뚝 일으켜 세우는 힘을 가졌던 엄마. 자신이 죽어가면서도 그 슬픈 소식으로 딸이 넘어질까 봐 염려했던 엄마. 엄마는 한때 우울증이 심했던 잎새가 자신의 임박한 죽음 소식에 지병이 재발하게 될까 봐 걱정하였다. 그런 딸을 향해 엄마가 이어서 말했다.

　"운전면허 따기랑 글쓰기도 비슷한 이치야. 운전면허에 많이 떨어져 본 사람이 한 번에 붙은 사람보다 운전 연습을 더 많이 해서, 나중에는 더 안전하고 능숙하게 운전하는 법이지. 마찬가지로 잎새도 공모전에 많이 떨어져서 그만큼 긴 습작 기간을 가지게 되면 그 외롭고 지치는 긴 시간 때문에, 결국은 글 쓰는 내공이 더 길러질 거야. 더 깊고, 울림이 있는 글을 쓸 수 있는 작가로 자랄 거라고……."

엄마는 말을 전달할 수 있는 기력이 있을 때 잎새에게 중요한 말을 많이 하고 싶어 했다. 앞으로 들을 수 없게 될지도 모를 엄마의 조언이었다.

그날 밤, 엄마와의 데이트를 마치고, 홀로 방에 들어와 일기를 썼다.

보름달이 차차 기우는 것을 본 적이 있는가? 알차게 속이 꽉 찬 보름달이 하현달인 반달이 되고, 다시 그 반달이 시간이 지나 그믐달이 되는 과정. 달이 그렇게 제 몸무게를 서서히 잃어가는 과정이 마치 엄마가 체중을 잃어가는 모습처럼 보인다. 암 때문에 나날이 식사도 못 하시는 엄마. 물만 마셔도 다 토해내니, 엄마의 체력은 견디지 못하고 날이 갈수록 야윈 그믐달이 되어 간다. 옆에서 그 모든 과정을 지켜봐야만 하면서도 엄마의 고통을 덜어줄 방법이 없어 발만 동동거리고 있다. 무너지지 않는 견고한 성 같은, 암세포로 만들어진 거대한 성벽에 둘러싸여, 나는 무력감에 헤맨다.

그러나 어두운 밤, 하늘에 덩그러니 떠 있는 외롭고 처연해 보이는 저 그믐달도 다시 살이 붙고, 기력을 찾아 초승달에서 상현 반달이 되었다가, 결국은 탐스러운 보름달이 된다. 그런 날이 기필코 다가오리라. 엄마의 그믐달이 탐스러운 보름달이 되는 날을 위해 나는 기도하리라. 그믐달 같은 엄마의 저 몸이 보름달의 충만한 기운을 되찾도록, 그 풍성하고 아름답던 건강을 되찾아 두둥실 저 어두운 밤하늘을 예전처럼 밝혀 주기를 기도하리라. 그 보름달을 보기 위해 매일 밤 무릎을 꿇으며 엄마를 포기할 수 없으리라.

일기를 쓰며 그녀는 스스로 되새겼다. 어두운 밤, 하늘을 비추는 달이 그믐달로 변해서 서서히 체중을 잃어가도 절망하지 않겠다고. 언젠가 시간이 지나고 나면 엄마의 몸도 다시 풍성하고 탐스러운 보름달로 차오를 걸 믿어보고 싶었다.

'이 밤을 잘 이겨내는, 인내하는 그믐달은 다시 화사하게 차오르리라. 보름달로 되돌아오는 날이 반드시 있으리라.'

잎새는 자신의 기도를 밤하늘에 새겨 넣었다. 엄마와의 짧은 나들이가 더는 즐겁지만은 않았다. 오히려 엄마와 함께 외출을 다녀오면 엄숙한 성지 순례를 다녀온 듯한 느낌이 들었다. 매 순간순간 엄마를 위해 기도하는 마음으로 한곳 한곳 둘러보며, 다시는 함께 볼 수 없는 그 경치와 추억들을 마음에 담아두는 여행을 했다.

성지 순례 가면 예루살렘에 통곡의 벽이 나온다. 자신들의 성

전이 파괴된 것을 슬퍼한 유대인들이 이곳에서 통곡했기에 붙여진 이름. 그 벽에 기도 종이를 끼워 넣으면 소원이 잘 성취된다는 글을 언젠가 본 적이 있었다.

엄마와 짧은 나들이 갈 때마다 그 통곡의 벽에 다다른 듯한 심정으로, 시들어가는 희망을 붙들고 신께 기도 쪽지를 적어 통곡의 벽 사이에 끼워 넣었다. 엄마의 보름달이 두둥실 떠오르게 해달라고……. 기도 쪽지는 통곡의 벽 속에서 눈물로 조용히 번져가며 간절한 바람을 호소하고 있었다. 기도의 힘이었는지 엄마의 그믐달이 보름달로 피어오를지도 모른다는 실낱같은 희망이 살포시 고개를 든다. 가냘픈 그믐달 위로 충만한 보름달이 겹쳐 보인다. 그녀는 지금부터 회복의 소망을 담은 보름달을 가슴에 품고 잠들어야겠다고 다짐하며, 통곡의 벽을 떠나온다. 일기를 쓰는 내내 가슴이 저렸다. 그믐달이 된 엄마가 한평생 가족을 등에 업고 무리하게 걸어온 탓에, 그렇게 몸이 기운 것은 아닐는지 생각하며.

새벽 3시 30분, 엄마는 바늘로 찌르는 듯한 신경의 통증 때문에 비명을 지르며 잠에서 또 깨었다. 매일 밤 이 시각, 엄마의 통증이 가장 심한 시간이었다. 입술에 타들어 가는 가뭄이 찾아온 채로, 급하게 얼음을 찾았다.

잎새는 엄마의 비명에 깜짝 놀라 깬다. 그리고 엄마의 입술, 가뭄에 갈라진 밭 같은 그 입술로 조심스러우나, 재빠르게 얼음을 집어넣었다. 딸의 간절한 바람이 무색하게, 그믐달이 되어가는 엄마는 점차 삼키는 기능을 상실했고, 기어이 물도 삼키기 힘들어졌다. 물 대신 얼음 조각을 입에 물고 겨우 수분을 보충하는 엄마, 삼키는 게 힘든 만큼, 수분을 소변으로, 대변으로 배출해 내는 기능도 점차 잃어갔다.

"잎새야. 엄마 스위스로 가야겠어. 통증을 도저히 못 견디겠어. 더는…… 더는…… 안 되겠어."

심지어 안락사를 원하며 스위스로 가는 비행기를 타길 간곡히 간청했다.

'엄마가 편해질 수 있는 유일한 길이 안락사라니… 정말 그 길밖에 없는 걸까?'

엄마가 편안히 죽음을 맞이할 수 있도록 도와야 한다는 절박한 현실 앞에서 잎새는 아무 결정도 쉽사리 내릴 수 없었다. 엄마가 안락사를 원할 때마다, 잎새와 아버지는 엄마의 통증이 가라앉도록 밤새도록 마사지했다. 엄마의 배와 왼쪽 어깨, 겨드랑이와 옆구리를. 팔에서 쥐가 났지만, 엄마의 통증을 줄이기 위해서 기꺼이 참았다.

암세포는 그믐달이 되어가는 엄마의 몸을 점령하여 결국은 가느다란 뼈까지 깃발을 꽂았다. 병원에서는 치료를 포기하고, 마약성 진통제만 계속 처방해 주었다. 처음에는 '타이레놀 # 3'으로 시작했다가, 하이드로몰폰으로 바뀌고, 그 용량은 점점 더 커졌다. 마약 진통제로 인한 부작용으로 변비가 생겼고 매일 변비약을 챙겨 먹어야 했다. 그 때문에 엄마는 설사 같은 변을 팬티에 쏟았다. 아기처럼 기저귀를 찼다. 엄마는 때로는 찌르고 때로는 타는 듯한 통증으로 한밤중 비명을 질렀고, 원활하지 않은 생리 활동으로 신음했다.

신의 뜻이 야속하게 느껴질 무렵이었다. 엄마의 그믐달은 결국 보름달로 되살아나지 못했다. 엄마가 회복되는 속도보다 암이 엄마를 점령하는 속도가 더 빨랐다. 암은 간과 뼈, 림프절까지 다 전이되어, 승리의 깃발을 여기저기 꽂았다. 잎새의 바람을 야비하게 비웃었다. 엄마는 음식도 제대로 먹고 삼키지 못했다. 죽을 힘을 다해 몇 모금 넘긴 뉴케어도 모두 숨 막힐 정도로 토해낸 엄마. 그믐달이 앙상한 뼈대만 남았을 무렵, 엄마는 호흡 곤란 증세를 보였고, 가냘픈 그믐달 뼈는 살짝만 부딪혀도 바스락하고 깨질 것만 같았다. 작은 턱에도 쉽사리 넘어져서 두 발에는 시퍼런 식칼 자국처럼 피멍이 들었다. 점차 숨을 쉬기조차 힘들어하던 엄마는 앉아 있어도 뒤로 넘어지면서 계속해서 까무러졌고, 의식이 흐려졌다. 눈동자도 자꾸만 뒤로 넘어가 흰자만이 보이기 시작했다.

"고추장을 섞어서 밥이랑 같이……. 오늘도 그렇게 하면……. 자동차 타고 가면 돼."

엄마가 흔들리는 의식 속에서 앞뒤가 맞지 않는 문장들을 드문드문 내뱉었다. 돌아가시기 하루 전날 엄마는 흐릿해진 의식마저 끊기고, 비명만 지르고 있었다. 잎새가 아무리 흔들어 불러봐도 온종일 깨어나지 못했다. 그 모진 순간들 속에서 엄마 심장의 고동 소리가 그대로 멈춰 버렸다. 풀썩하고. 잠시 고요했다.

엄마의 죽음에 이어서 놀랄 만큼 평화롭게 느껴지는 침묵이 뒤따랐다. 계속해서 외치던 엄마의 신음과 비명은 완전히 멈췄기 때문이다. 그 깊은 침묵 속에서 째깍거리는 시계 소리가 오히려 시끄러웠다. 죽음이 삶보다 더 평화스러워 보이다니, 아이러니했다.

박하의 죽음에 이어서 잎새의 엄마마저도 그렇게 그녀를 떠났다. 세상에서 가장 소중했던 둘을 연이어서 앗아간 신의 뜻을 잎새는 도저히 쉽게 받아들일 수가 없었다. 아니, 그것을 넘어서서 신이 원망스럽고 야속했다. 신은 왜 자기 뜻과 반대의 길만 떠밀려 가게 하는 것일까 이해되지 않았다.

그러나 교회에서는 신의 뜻은 늘 선하다는 메시지가 들려왔다. 지금 당장 인간의 힘으로는 신의 뜻이 이해하기 힘들어도,

그는 가장 선하고 완전하신 길로 우리를 인도하신다고 했다. 물론, 그러한 선한 뜻이 잎새 마음속에 쉽게 와닿지는 않았다. 지나가는 새에게도 갑자기 삿대질하고 욕하며 소리를 빡빡 지르고만 싶었다.

엄마는 집에서 돌아가셨다. 병원의 치료를 힘들어해서 집에 있기를 끝까지 고집하였다. 시신은 그레이스 장례서비스에서 한 시간도 채 되지 않아서 서둘러 가져갔다. 많은 것을 남기고 떠난 엄마. 수많은 의료 기구도, 뉴케어도, 마약성 진통제 몇 달 치와 죽을 끊이기 위해 사둔 대량의 녹두도……. 모두 덩그러니 남아 주인을 잃은 채 멍하니 놓여서는 고독의 그림자만 길게 드리웠다. 주인을 잃어버린 물건들을 바라보자니, 그걸 다 남겨두고 떠나버린 엄마가 떠올랐다. 미아가 된 엄마의 물건들에서 엄마의 신음이 새어 나오는 것 같았다.

죽음은 예고 없이, 투명 망토를 걸친 나그네처럼 다가왔다. 그 망토는 물에 젖은 솜이불처럼 무거워서 가슴 한복판이 뻐근했다. 홀로 남겨진 슬픔은 죄책감이 되었고, 아쉬움으로 변해 씁쓸한 뒷맛이 되었다. 엄마의 기억이 날 선 파편처럼 그녀를 자극했다. 원 없이 더 잘해주지 못한 기억만이 메아리쳐 울리면서……. 엄마의 소지품엔 여전히 엄마의 따스한 체온이 피어오르고 있었다.

아무리 준비하려 해도 소중한 이를 죽음으로 떠나보내는 일은 절대 준비되지 않는 법이다. 엄마의 장례식 날, 그녀의 기억을 애틋하게 간직하고 있는 지인들이 참석했다. 엄마는 관 속에서 잎새가 사드렸던 원피스 세트를 곱게 차려입고 있었다. 그림 전시회 때 입었던 축제의 옷이었다. 예전에 그 옷을 입고 머리를 우아하게 올렸던 모습이 떠올랐다. 그때 엄마에게선 정오의 빛이 났다. 잎새는 엄마가 축제의 옷을 입고 꽃신을 신은 채, 하늘나라에서도 축제 같은 날들을 보내길 기도드렸다.

장례식을 마치고 집으로 돌아오자, 엄마에 관한 기억이 마음 수면 위로 다시 떠올랐다. 빈소에서 사람들과 함께할 때는 잠시 잊었던 기억들이었다. 엄마의 비명과 신음이 잎새의 내면을 다시 한번 스쳐 지나갔다. 엄마와의 행복했던 기억들은 종종 날 선 유리 조각이 되어 그녀의 가슴을 베었다. 더는 현실 속에서 엄마의 따스했던 손길을 느낄 수 없었다. 엄마에게 안길 수도 없었다. 엄마와의 행복했던 기억들을 떠올리면 황홀감에 빠져들었지만, 곧이어 엄마의 부재라는 현실에 부딪혔다. '쿵' 하고 마음 한편에 돌이 떨어지고 나면, 언제나 바닥이었다. 엄마와 항상 같이 다니던 장소를 갈 때마다 엄마의 영혼이 그곳에 새겨져 있는 듯, 과거의 시간으로 빨려 들어갔다.

100일 동안의 과제

잎새는 사랑하는 박하와 소중한 엄마를 모두 다 잃었다. 그런 뒤로 불면증이 더욱 심해졌다. 한꺼번에 두 사람을 앗아간 신을 원망하다가, 분노를 터뜨리다가, 서글퍼했다. 그러다가 곧 제풀에 지쳐 체념하는 악순환을 반복했다.

잎새는 분통을 터뜨리며 수면제 세 알을 한꺼번에 입에 털어 넣었다. 평소 먹던 양의 세 배였다. 그런데도 주위가 시끄러워야 겨우 잠을 청할 수 있어서 매일 밤, '책 읽어주는 사람'의 유튜브도 틀었다.

"오늘은 이상문학상 대상 수상작 김경욱 작가님의 「천국의 문」을 들려 드리겠습니다. 이야기 들으시면서 평안한 밤 되세요. 「아버지가 오늘 밤을 넘기지 못할 것 같다는 기별을 들었을 때 여자가 가장 먼저 한 일은 화장을 고치는 것이었다.」"

낭랑한 북튜버의 목소리가 차차 멀어지더니, 잎새는 오래간만에 깊이 잠들었다. 무의식의 세계 속에서도 그녀는 눈물을 바삐 닦아내고 있었다. 아무리 닦아내도 눈물은 자꾸만 차올랐다. 잦아들 줄 모르는 울음소리는 하늘나라 빌리지에서 쉬고 있는 박하의 귀에도 가 닿았다. 잎새의 흐느낌에 그의 마음도 먹먹해졌다. 그 울음소리는 다른 하늘나라 영혼들에는 전혀 들리지 않았지만, 오직 박하와 잎새의 엄마에게는 선명히 들렸다. 사랑하는 사람들끼리는 영혼의 통로가 트여 있기에 가능한 일이었다. 그녀의 흐느낌은 가을 낙엽이 바람결에 몸을 뒤집으며 흩날리는 소리처럼 스산했지만, 동시에 부드럽고 섬세하게 하늘나라 영혼들의 귀를 사각사각 울렸다.

"잎새는 감당할 수 없는 슬픔을 경험하고 있습니다. 저대로 두다가는 우울증과 공황장애 증상이 더 심해져서 정상 생활이 불가능해질지도 몰라요. 위험합니다. 신께 제 소원을 간청합니다."
 박하가 반복해서 신에게 간청했다.
 "저 아이의 울음을 멈추게 할 수 있다면 너의 소원을 들어주겠노라."
 하늘나라의 신의 응답이었다.
 "저 아이에게 현재 가장 필요한 것이 무엇인지 잘 알고 있느냐?"
 "잎새에게는 현재를 살아갈 희망과 다시 일어날 용기가 필요합니다. 그 일을 도울 수 있도록 허락해 주십시오."

"네가 그 일을 과연 해낼 수 있다고 생각하느냐?"

"제가 잎새의 수호천사가 되도록 허락해 주십시오. 그 아이에겐 누군가가 24시간 사랑으로 보듬어주고 지켜주는 것이 절실히 필요합니다. 저렇게 혼자 두어서는 안 됩니다."

"네가 수호천사가 되는 것을 허락해 주기 전에 한 가지 시험 과제를 내어주겠다. 그걸 감당하겠느냐?"

"어떤 시험이라도 감당하겠습니다. 무슨 과제입니까?"

"네게 하늘나라 시간으로 100일의 시간을 주겠다. 세상 시간으로는 3일이다. 그 시간 동안 저 아이가 다시 홀로 일어날 힘을 불어넣어 주는 것에 성공한다면 저 아이의 수호천사로 명하겠노라. 세상 시간으로 정확히 3일이지만, 하늘나라 시간으로는 100일이므로 짧지 않은 시간이다. 임무에 임하겠느냐?"

"좋습니다. 잎새를 일으킬 수 있도록 최선을 다해서 노력해 보겠습니다. 기회를 주셔서 정말 감사합니다."

박하는 하늘신으로부터 100일 동안의 과제를 물려받고, 서둘러 자신의 천체 망원경을 챙겼다. 그리고 울고 있는 잎새에게로 발길을 향했다.

3부

하늘나라 빌리지와 박하 잎새

하늘나라 빌리지 입구에서

잎새는 수면제를 평소보다 과다하게 복용한 상태였다. 그녀의 영혼이 잠이 든 채로 누워있었다. 풀숲은 서걱서걱 소리를 내고 있었다. 하늘나라 빌리지에 들어가기 전에 펼쳐져 있는 광활한 풀숲이었다. 푹신한 갈대와 연보라색 안개꽃의 수수한 야생화들이 끝없이 이어져 있었다.

"잎새야. 잎새야. 너…… 괜찮아?"

박하는 그녀에게로 가까이 다가가 한 번은 부드럽게, 한 번은 세차게 잎새를 흔들었다.

"응? 여기가 어디야? 어? 어? 엇! 이게 누구야? 오빠 같은 사람이 있네."

그녀는 깜짝 놀라 두 눈을 화들짝 떴다.

"응. 잎새야. 나야 나. 박하 오빠. 오빠 같은 사람이 아니라 진짜 오빠야."

"오빠라고? 우리 오빠는 죽었는데……. 설마, 나 죽은 거야?

여기…… 여기 대체 어디야? 그럼 나 죽어서 하늘나라 온 거야?"

"잎새야. 여기 하늘나라 맞아. 네 육체가 잠시 깊은 잠이 들어서 영혼만 하늘나라 빌리지 문턱까지 올라왔어."

"오빠? 오빠, 진짜 맞구나. 오빠!"

두 눈에 그렁그렁 눈물이 고인 채로 박하의 손과 어깨, 다리를 정신없이 쓸어 보았다.

"잎새야. 오빠 진짜 맞아. 그동안 많이 힘들었지? 오빠가 하늘나라에서 잎새가 얼마나 힘들었는지 다 지켜보았어. 네가 하도 세차게 울어대서 내 영혼의 귀가 이렇게 온통 다 젖어 버렸어."

축축하고 눅눅해진 귀를 가리키며, 부드럽게 잎새를 달랬다.

"오빠! 오빠 진짜구나. 내가 많이 운 것도 알고……. 갑자기 오빠가 그렇게 떠나버려서 얼마나 자책했는지 알아? 오빠가 그렇게 아픈 것도 모르고, 내가 오빠 건강에 신경 써 주지 못해서 갑자기 그렇게 된 게 아닐까 하고 혼자서 많이 힘들었어. 거기다가 곧이어 우리 엄마까지 갑자기 돌아가시고……. 정말이지 정신을 차릴 수가 없었어."

"잎새야. 그래. 네가 얼마나 당황스럽고 슬펐을지 오빠도 애가 탔어. 하지만 넌 내가 살아있을 적에 이미 충분한 사랑을 주었는 걸. 내 몸의 화상 자국도 불쌍한 장애로 여기기보다, 다른 사람을 이해하고 위로해 줄 수 있는, 포용의 자국으로 여겨주었잖아.

내가 장애를 충분히 극복하고 밝은 정체성을 가질 수 있도록 존중해 줬는걸. 그 마음 때문에 나는 매일 일어날 힘과 용기를 되찾을 수 있었어. 그것만으로도 이미 충분히 행복하다고 줄곧 생각했는데……. 그러니 더 많은 사랑을 주지 못했다고 자책하지 마. 생명은 신이 주관하시는 거야. 내가 죽은 건 네 탓이 아니야."

"정말 그런 거야? 난… 혼자 남겨져서 죄책감과 슬픔에 글도 더는 쓰고 싶지 않았어. 그렇게 사랑했던 글도 오빠랑 엄마의 죽음 뒤에는 다 무의미하게 느껴졌어."

"잎새야. 처음 만났을 때 기억나? 내가 찍은 북두칠성 사진을 네 동화의 배경 사진으로 사용하고 싶어 했잖아. 우리를 이어준 소중한 인연의 끈이 네 글 속에서 시작되었다는 거 벌써 잊었어? 처음에 내 별 사진을 발견하고 온통 들떠서 내게 동화를 보내줬잖아. 그때 네가 얼마나 반짝거리며 빛을 발했는지 알아? 잎새 네가 가장 빛나던 순간이 바로 열정적으로 글을 쓰던 순간이었어. 여기 곳곳에 깔린 하늘나라 빌리지의 별들을 바라보면서도 네가 글 쓰던 모습이 떠오르곤 했어. 오빠가 별을 사랑했던 것도 다 기억하지? 잎새 네가 보고, 맛보고, 냄새 맡고, 듣고, 느끼는 모든 글의 소재들은 별의 씨앗이야. 새 생명을 품은 씨앗. 그 씨앗을 네 마음속에 심고, 오래도록 따뜻이 품으면 언젠가 생명력 있는 별이라는 작품이 부화될 거야. 나는 그런 네 모습을 사랑했는걸.

잎새 네가 특별히 소중한 사람으로 다가온 건 우리가 별로 이어진 인연이기 때문이 아닐까. 나는 천문학도로서 별을 관측하길 좋아하고 별의 이야기에 귀 기울이기도 하고, 너는 작가 지망생으로서 별의 씨앗을 품어 별을 낳는 작업을 하고…….”

“오빠랑 엄마가 곁에 없는데 글 쓰는 게 다 무슨 소용일까…… 그런 생각에 빠져 있었어. 그래서 방 안에 틀어박혀서 어두운 밤만 지새우다가 수면제를 먹었는데 도통 잠이 들지 않는 거야.”

“하늘나라 반대편 쪽에 가면 어둠의 동굴에만 거주하는 동물들이 있어. 하우세라 하우세리 같은 작은 동물들이 동굴에만 갇혀서 햇빛 없이 살지. 그 동물은 어두운 동굴에 살아서 모두 시력이 퇴화되거나 눈이 없어. 그 대신 다른 감각으로 살아가지만……. 잎새 네가 또다시 지금처럼 어두운 동굴에만 갇혀 지내면 이 동물들처럼 언젠가 시력을 완전히 잃어버리게 될 수도 있어. 난 그게 제일 걱정되던걸. 내가 아는 잎새는 버드나무 같은 존재였어. 버드나무처럼 눈부신 햇살과 어울리니까. 또 비를 견디고 천둥과 번개도 다 감당하며 살아가니까. 넌 버드나무 가지처럼 하늘거리면서 여린 잎으로 숨 쉬는 것 같아. 세상의 모든 사물을 민감하고 풍부하게 받아들이면서. 그 버드나무 가지는 세상의 환희도, 슬픔도, 고독도 거부하지 않지. 감수성이 풍부하고 섬세하거든. 그 감각으로 반짝이는 별의 씨앗들을 찾아내야만 하니까. 버드나무가 수많은 햇빛을 반사시켜서 수분이 증발하는 걸 막아야 하듯이 넌 예민한 속성을 가졌지. 그런 네가 슬픔 때문에 동굴 속에 갇힌 하우세라 하우세리처럼 살게 될까 봐……. 세상을 읽는 시력을 완전히 잃게 될까 봐 걱정돼. 칙칙한 동굴에서 이제 나와. 눈부신 태양이 비치는 들판으로 나가자."

"……. 동굴 속에 갇혀 지내는 내가 답답해 보였구나. 오빠한테도. 근데 난 여기에 얼마나 머무르게 되는 거야? 다시 혼자 세상으로 돌아가는 거야? 그냥 오빠랑 여기서 머물면 안 돼?"

갑자기 불안해진 잎새가 오빠의 손을 초조하게 잡으며 물었다.

"잎새야. 네가 여기 머물 수 있는 시간은 오직 100일이야. 그게 너랑 나한테 주어진 시간이야. 세상 시간으로는 정확히 3일 뒤에 넌 다시 깨어나게 될 거야."

"그럼 오빠랑 여기에서 100일을 머물 수 있는 거야? 그렇게 해도 되는 거야?"

"응. 우리에게 주어진 시간은 딱 100일. 그동안 함께 여행 다니며 소개해 줄 거야. 네가 머무는 그 세상만이 끝이 아니라는 확신을 심어주고 싶어. 이곳 하늘나라 빌리지에서는 세상에서 만났던 사람들을 다 다시 만날 수 있어. 모두 소중한 인연의 끈으로 이어져 있거든. 인연의 끈, 중간중간 매듭이 지어져 있어서 어디를 가도 끊기지 않게 연결되어 있거든. 우리가 재회하게 된 것도 다 인연의 동아줄 덕분이야. 살아있을 때의 모든 기억은 하늘나라 추억의 사진첩에 빠짐없이 보관돼. 지금 우리에게 주어진 시간은 100일뿐이지만, 잎새 네가 세상을 떠나는 날, 우리 다시 만나서 서로의 사진첩을 바꿔 보게 될 거야. 각자의 자리에서 어떻게 살아왔는지 그 사진첩을 보면서 아름다운 추억을 함께 나누게 될 거야."

"인연의 동아줄에 의해 모두가 만나게 되어 있다고? 그럼 나, 엄마도 만나볼 수 있는 거야?"

"그럼! 여행하면서 어머니도 만나볼 수 있게 해 줄게. 걱정하지 마!"

"아! 정말이야? 인연의 줄로 연결되어 있어서 결국엔 모두 다 만날 수 있다는 말이? 근데 그게 과연 가능한 일일까?"

"잎새야. 오빠는 이곳에서 각기 다른 구역의 하늘나라 빌리지를 함께 돌아다닐 거야. 이 하늘나라 빌리지를 함께 구경하는 동안 이곳에 관한 이야기를 들려줄게. 생전에 만나지 못했던 오빠 가족들도 소개해 주고."

"아아! 오빠. 지금 경험하는 이 일이 다 진짜인 걸까?"

"그럼! 넌 지금 잠이 들어 있지만, 영혼은 하늘나라 빌리지를 여행하는 중이야."

잎새는 믿을 수 없는 현실에 눈이 휘둥그레져 있었다. 박하는 그녀의 손을 끌어다 꼭 잡고, 하늘나라 빌리지 입구로 데리고 갔다. 그곳에는 100만 가지 식물들의 영혼들이 심겨 있어 울창한 화단을 이루고 있었다.

허브향이 몽글몽글 피어오르고 있어서 둘은 금세 기분이 싱그러워졌다. 다육식물, 공기정화 식물, 동백꽃, 제라늄, 프리지어, 조화, 개운죽, 금전수, 고양이 풀, 고사리, 달맞이꽃, 부활초, 분꽃, 떡갈나무, 소나무, 느티나무들이 모두 함께 어우러져 하늘나라 빌리지를 방문한 여행객들에게 손 내밀어 반기고 있었다.

꽃의 여신인 플로라가 관리하는 화단으로, 아무 대가도 없이 아낌없이 베풀기만 했던 이타적인 식물들의 영혼이 가장 많이 우거져 있었다. 사계절 내내 수만 가지의 꽃가루가 암술머리로 옮겨붙어 화단의 수분도 활발하게 이뤄지고 있었다. 꽃가루의 색깔은 영롱한 무지갯빛이었는데, 바람에 흩날리는 찬란한 무지개 조각들이 둥둥 떠다니다가 강가에 내려앉으면 무지개다리가 되었다. 무지개다리는 햇살이 뜨거운 날이면 다시 녹아서 무지개 조각이 되었다가, 다시 꽃가루로 변하여 공중을 훨훨 날아다녔다. 화단 제일 위쪽, 시선이 가장 집중되는 곳에 면사포 꽃다발들이 환영이라는 모양으로 배열되어 있었는데, 박하는 화단을 가리키며 잎새에게 이야기했다.

"네가 훗날 이곳에 올 날을 대비해서 열심히 가꾼 화단이야. 어때? 마음에 들어?"

잎새가 환영이라고 쓰인 꽃 글씨를 바라다보자, 면사포 꽃들이 고운 새색시 같은 미소를 지으며 일제히 안녕이라고 인사하며 고개를 들었다. 그렇게 짧은 인사를 마치고는 다시 다소곳이 고개를 숙였다.

"어? 꽃들이 다 인사를 하네? 이럴 수가 있어?"

"그럼. 이곳에서는 모든 생물이 말을 할 수가 있어서 서로 자유롭게 대화하곤 해. 심심할 틈이 없어. 돌멩이도, 달팽이도, 패랭이꽃도 다 말할 수 있어. 어떤 생물하고도 친구가 되어 깊은 속 이야기를 할 수 있어."

그녀는 너무 신기한 나머지, 면사포 꽃들의 얼굴을 다시 한번 쳐다보았다. 그러자 면사포 꽃들의 얼굴이 잎새 엄마의 얼굴로 비쳤다가, 박하의 얼굴로 변했다가 하는 것이었다.

"꽃들의 얼굴은 네가 가장 보고 싶어 하는 사람들의 얼굴로 변해. 나도 그랬어. 하늘나라 빌리지에서 저 꽃들을 보고 있으면 곧 잎새, 네 얼굴로 변하곤 했어. 네가 보고 싶어지면 하늘 자전거를 타고, 구름 계단을 올라가며 하늘 축제 곡예를 하기도 했지."

박하가 말했다.

잎새는 어안이 벙벙하여 사방을 둘러보았다. 저 멀리 길게 누운 거대한 강들이 유유히 흘러가는 것이 보였다. 두 개의 강이 넘실넘실 흐르고 있었는데 첫 번째 강은 새하얀 빛을 띠었고, 두 번째 강은 금빛으로 반짝였다.

"오빠. 저기 강이 보이는데 저 강은 뭐야?"

잎새가 첫 번째 강을 가리키며 물었다.

"응. 저 강은 하늘나라 빌리지에 다다르기 위해서 영혼들 모두가 제일 먼저 건너가야 하는 강이야. 용서의 강이라고 불려. 이곳에 오는 영혼들 모두는 제일 먼저 저 강에 가서 자신에게 상처 줬던 사람들 혹은 미워하는 사람들에 관한 기억을 씻어 버려야 해. 깨끗이 씻지 않고는 하늘나라 빌리지 안으로 들어와 살 수 없어."

"오빠도 저 강에 가서 몸을 씻어야 했어?"

"응. 나는 제일 먼저 내 몸의 화상 자국을 보고 징그러워서 나를 피하던 사람들을 떠올렸어. 그들에게 상처받은 기억을 용서의 강에 씻어 흘려보내야 했지. 용서의 강에서 새하얀 구름 같은 물로 미움의 때를 씻어 냈지. 용서의 강을 건너고 나면 축복의 강이 나와. 그곳에 가서 두 번째 목욕을 해야 하는데······. 그곳에서는 첫 번째 강에서 용서한 모든 사람을 축복해 주며, 세상에 두고 온 것들을 깨끗이 잊도록 다시 한번 샤워를 해."

"세상에 두고 온 것들이라고? 이를테면 어떤 것 말이야?"

"이를테면 세상에 두고 온 미련, 집착. 돈, 명예, 소유욕, 질투……. 뭐 이런 것들을 이 강에 두고 가도록 깨끗이 샤워해. 누구든 이 두 개의 강을 거쳐 목욕하고 나면 세상에 대한 모든 미련도, 미움도 깨끗하게 사라져."

두 개의 강을 넘어서니, 하늘나라 빌리지 안쪽에 옹기종기 아름답게 모여있는 집들이 보였다. 벽돌집, 초가집, 기와집, 한옥, 동굴집, 전원주택, 펜션 등등의 다양한 건축물이 자리 잡고 있었다. 모두 크기와 층수가 달랐지만, 제각기 다른 강도의 빛을 발하고 있었다. 굴뚝에서는 맛있는 누룽지 냄새의 연기를 피우는 집들도 드문드문 있었다.

"오빠! 저 집들은 뭐야? 오빠도 저 집 중 하나에 사는 거야?"

"응. 오빠는 하늘나라 빌리지에서 한 일곱 시간 정도 가면 있는 우주정거장에 살아. 거기 세워둔 우주선에서."

"우주선에서 산다고? 그럼 우주선을 직접 타고 우주에 있는 여러 행성도 여행할 수 있는 거야?"

"그럼. 오빠는 태양계 행성들을 모두 다 여행 다녔는걸. 운석 충돌 흔적이 보이는 수성에서부터, 행성 중 가장 밝게 보이는 금성, 붉은색을 띠는 화성, 가장 큰 행성인 목성, 얼음 조각과 먼지로 만들어진 우아한 고리가 있는 토성, 청록색을 띠는 천왕성, 남반구에 검은 점이 있고 적도에 고리가 있는 해왕성까지. 모두 다……."

"다른 하늘나라 빌리지 영혼들도 다 오빠처럼 우주선을 한 대씩 가진 거야?"

"영혼마다 다 다른 집을 지니고 있어. 나는 집 대신 우주선을 받았고. 꿈이 천문학도였잖아. 그래서 우주를 마음껏 여행 다니고 싶었지. 그러다 보니 여기서는 우주선에 살게 되었어. 우주선은 우주정거장에 주차해 놓았어. 우주정거장에는 사람들의 선한 기운이 많이 저장되어 있거든. 그 선한 기운을 주유해야 해서 그곳에 세워 놓는 거야. 하늘나라 빌리지 문지기가 오빠에게 해준 말인데……. 빌리지에서 집이 있으려면 세상에 살아있을 때 누군가에게 힘과 용기를 준 적이 있어야 한대. 격려할 줄 아는 존재라고 해야 할까. 솔직히 그 말을 듣고 걱정도 되었어. 내가 살아있을 때 누군가에게 그런 힘이 되어 준 적이 있었을까 하는 생각 때문에……. 근데 하늘나라 문지기가 우주선을 허락해 주면서, 나도 누군가에게 힘이 되어 준 경험이 있어서 상으로 준다고 했지. 그게 누구냐고 물었더니……. 바로 잎새 너라고 하더라고. 그때 별자리 이야기를 해 주면서 네게 초롱초롱한 꿈을 심어주었다는 거지. 그 덕분에 자그마한 우주선을 선물 받게 된 거고."

"맞아. 오빠는 그런 존재였어. 글 쓰는 데에 영감을 주고, 용기를 주던……. 하늘나라 문지기가 오빠에 대해서 상세히 잘 알고 있구나. 정말 놀라워!"

"나는 오히려 네가 준 사랑이 더 놀라웠는데."

"내가 오빠를 좋게 여겼던 건, 오빠가 장애 탓을 하지 않고, 비뚤어지지 않고, 세상을 여전히 아름다운 시선으로 바라보는 사람이었기 때문이야. 심지어 올곧은 사람으로 살아가면서 오빠보다 더 어려운 사람들을 위로하고, 힘을 주는 존재로 살아갔잖아. 아마 신도 그걸 아셔서 오빠에게 우주선을 선물하신 것 같아. 어쩌면 오빠를 이렇게 일찍 데려가신 것도 이곳에서도 오빠 같은 사람이 필요했기 때문인 게 아닐까 싶어. 오빠처럼 어려움에도 좌절하지 않고, 밝은 기운을 품어내는 사람 말이야."

"비록 일찍 세상을 떠났지만 여기서 만족하며 살아가고 있어. 하늘나라 빌리지에서 우주의 별을 마음껏 여행할 수 있는 권한을 받았거든. 이곳 우주선은 비눗방울 모양이야. 가볍고, 풋풋하고, 싱그러운 향기를 발하는 비눗방울. 내가 올라타면 비눗방울은 터지지 않고 '붕' 하고 공기층 위로 떠올라. 초고속 비눗방울 우주선이라 행성에서 행성으로 이동하는 데도 단 몇 분이면 도착해. 사실 어렸을 때도 우주 어딘가에 신비로운 보물들이 숨겨져 있을 것만 같아서, 별들을 관측하기 시작했고, 별들의 숨은 전설을 찾아 헤맸거든. 그때부터 큰 상자를 주워다가 그 위에 담요를 덮어서 우주선을 만들며 놀았고. 어린 시절의 꿈과 낭만을 신이 다 기억하시고 소원대로 비눗방울 우주선을 타고 행성들을 탐험할 수 있게 해 주셨어."

"그럼 하늘나라 빌리지에 오면 어린 시절부터 꿈꿔왔던 꿈들이 모두 이뤄지는 거야?"

"맞아. 모두가 꿈꾸었지만, 끝내 이루지는 못했던 꿈들을 신이 다 이뤄주셔. 그래서 여기선 모두가 꿈을 이루고 살아. 은반처럼 빛나는 호수 위로는 발레리나가 보일 거야. 미끄러지듯 춤추며 혼신을 다해 아라베스크 동작을 연기하는 모습이 정말 멋지지. 하늘나라 빌리지 사람들을 울리고, 웃기는 배우들도 있어. 하늘나라 영혼들의 자화상을 그려주는 화가도 있고."

"하늘나라 빌리지에 없는 직업은 뭐야?"

"이곳에 없는 직업은 의사와 변호사야. 아픈 영혼들이 이곳에 없으니 의사가 필요 없고, 소송이며 억울한 일을 변호할 일도 없기에 변호사도 없어. 판사는 오직 하늘신 한 분이면 충분하거든."

"아, 그렇구나. 만약에 하늘나라 빌리지에서 잠시 나가서 세상을 구경하고 싶어지면 어떻게 해?"

"하늘나라 빌리지에서 저마다 맡겨진 임무가 있어. 그 임무를 충실히 잘 담당하면 한 번씩 세상 나들이를 할 수 있게 허가가 나는데, 그때는 우리 영혼이 황금 벌새가 되어서 날아가. 여기서 지구까지 날아가는 거야. 자유로운 영혼이 되어서……. 왜 꽃밭에 가면 머리는 파랗고, 몸은 황금빛인 벌새들이 유독 많이 있잖아. 그 벌새들이 다 세상 나들이를 나온 하늘나라 빌리지 영혼들이야. 그래서 새는 절대 죽여선 안 되는 거야."

"땡그랑 땡그랑 땡그랑"
잎새는 신비로운 하늘나라 빌리지 이야기를 한창 넋 놓고 들었다. 그때 저 멀리서 구슬프게 울려 퍼지는 교회의 종소리를 듣고 화들짝 놀랐다.
"이 소리는 무슨 소리야? 교회 종소리 같은데……."
"응. 이 소리는 하늘나라 빌리지에 새로운 영혼이 들어올 때마다 나는 종소리야. 이 종소리를 울려서 환영의 인사를 하는 거야."
"근데 종소리가 왜 이렇게 구슬프게 느껴지지?"
"응. 그건 생전에 슬픈 일이 많았던 영혼이 입성해서 그래. 그런 영혼들의 종소리는 맑지만 구슬퍼. 반면에 활기차고 행복했던 영혼들의 종소리는 웅장하고, 경쾌해."
"그렇구나. 신기하다. 근데 오빠. 나 오래 이야기했더니 목이 마른데……. 어디에 가서 물 좀 마실 수 있을까?"

"아, 그래. 오빠랑 시원한 빙하수를 마시러 가자."

박하는 잎새를 이끌고 일곱 마리의 루돌프들이 이끄는 빙하 차를 탔다. 하늘나라 빌리지는 마침 겨울이어서 수많은 영혼이 빙하 꼭대기에 올라와 빙하수를 시원하게 마시고 있었다. 목이 탔던 영혼들은 그들 영혼의 후미진 구석구석까지 시원케 해 줄 빙하수를 마시고, 빙하 호수의 에메랄드빛에 몸을 담갔다. 몸을 담근 영혼들이 에메랄드빛으로 변하여 호숫가를 빠져나왔다.

"빙하수야. 어서 마셔봐."

박하가 잎새에게 한 잔 가득히 빙하수를 건네주며 말했다.

"너무 시원해."

"어때? 마시고 나니 기분이 한결 나아지는 것 같지 않아?"

"응. 오빠. 이상하게 우울했던 마음이 차분히 가라앉는 걸 느껴."

"빙하수를 마시면 영혼들의 마음이 한결 더 청아하고 맑아져. 인기가 얼마나 많은지 이 빙하수를 마시겠다고 이곳의 겨울을 기다리는 영혼들이 많아."

"어떻게 만들어진 빙하수이길래 그런 효과를 낼 수 있는 거야?"

"이 빙하 물속에는 영혼을 정화하는 슬픔의 알갱이들이 녹아 있어. 세상을 살아갈 동안 사람들에게 닥쳤던 고난이 아름다운 슬

품으로 승화되어 빙하수에 녹아 있어. 이 빙하 속에 녹아든 슬픔은 성숙의 결정체를 가졌는데 이것이 하늘나라 빌리지 영혼들의 마음을 깨끗하고 투명하게 정화해 줘. 저기 저 투명 고드름도 보이지? 저 고드름은 시련의 결정체가 투명 고드름이 되어 빙하에 매달려 있는 거야."

그녀는 박하가 가리키는 투명 고드름을 바라보았다. 겨울 태양의 눈부신 빛이 고드름에 반사되어 청아한 빛으로 드러났다.

"시련이 녹아 있는 슬픔은 절망의 액체가 되었을 때는 흙탕물 빛깔이야. 하지만 아름답게 승화되었을 때는 저렇게 수정 고드름 보석이 돼. 선한 영혼들의 눈물샘에서 흘러나온 눈물이 저렇게 수정 고드름이 되는 거야."

"그렇구나. 그래서 내 마음이 이렇게 차분해졌구나. 근데 지금은 겨울 같은데……. 하늘나라 빌리지에도 사계절이 찾아와?"

"그럼. 여기도 사계절이 있어. 지구보다 한층 업그레이드된 사계절이야. 봄이 되면, 100만 가지 꽃들이 앞다투어 피어나는데, 그들은 모두 꽃가루가 되어 봄바람에 발랄하게 실려 다니다가 입이 쓴 영혼들의 입을 달콤히 적셔줘. 그 달콤한 맛은 아카시아 꽃잎과 진달래 꽃잎을 섞은 맛이야. 여름에는 복숭아 소다 맛의 비가 촉촉이 내려서 목마른 영혼들의 목을 축여주고, 가을에는 감미로운 낙엽들이 나무 영혼의 화석이 되어, 하늘나라 빌리지 마당에 깔려. 어린 영혼들이 낙엽 깔린 마당에서 푹신하게 뒹굴 수 있는 계절이지. 겨울은 아까 말했던 빙하수와 수정 고드름이 많이 맺혀서 하늘나라 빌리지 사람들이 샤베트를 마음껏 먹으며 고단한 영혼을 정화할 수 있고."

"오빠! 정말 신비롭다. 근데 아까는 목이 말랐는데 지금은 또 배가 고프네. 뭐 먹을 거는 없어?"

"우리 잎새. 벌써 출출해졌구나. 자! 여기 사과 향기야! 한 번 맡아봐."

박하가 내미는 사과 향기를 맡자 잎새의 영혼이 싱그럽고 새콤한 사과 모양으로 변했다.

"오빠, 내가 사과 모양으로 변했어. 어떻게 한 거야?"

그녀는 사과 모양으로 둥글둥글 굴러다녔다. 이때 박하가 포도 모양의 향기를 맡게 했다. 그리하자 금세 잎새의 영혼이 새콤달콤하고 그윽한 포도즙을 담은, 길쭉한 포도주병 모양이 되었다. 깜짝 놀란 잎새가 자신의 몸을 황급하게 더듬자 곧 사람의 형체로 되돌아왔다.

"놀랐지? 여기에서는 향기만 맡아도 배가 불러. 향기를 맡으면 그 향기 모양대로 영혼의 모습도 잠시 변하지. 생전에 헐벗고 배고팠던 영혼들에게는 구수하고 풍미 깊은 빵 굽는 냄새를 마음껏 맡게 해서 배부르게 먹이고, 우울함으로 힘겨워했던 영혼들을 위해서는 달콤한 코코아 향기를 맡게 해서, 기분이 밝아지도록 도와주곤 해."

"아! 정말 향기만 맡았는데도 배가 엄청나게 불러. 입으로 먹지 않아도 배가 부른 곳이구나. 이곳은……."

잎새가 기분 좋게 자기의 배를 어루만지자, 하늘나라 빌리지 수풀 속에서 감미로운 음악이 흘러나왔다. 새들의 영혼이 연주하는 수풀의 음악회였다. 하늘나라 빌리지에 들어온 영혼들의 애창곡을 신청받아서 새들의 영혼이 연주해 주는 것이었다. 새들의 영혼은 무지개 선율과 숲속의 리듬, 그리고 우주의 박자를 따라 천상의 아리아를 즉흥적으로 작곡해서 연주했다. 천상의 오케스트라를 웅장하게 형성하는 새들의 영혼들.

청명 요정과 엄마를 만나다

박하는 하늘나라 빌리지에 관한 이야기를 시간 가는 줄도 모르고 신나게 해 주다가, 어느새 10일이 지나 버렸음을 깨달았다. 새들이 웅장한 아리아를 연주해 주는 수풀을 지났고, 둘은 더 깊은 밀림으로 들어갔다. 거기서 박하는 청명이라는 이름을 지닌 남자 요정을 찾았다.

"청명아, 청명아. 어디 숨어 있니?"

"오빠! 청명이가 누구야? 오빠 친구야?"

"기다려 봐. 곧 알게 될 거야."

청명은 청아한 아기 음색을 지닌 남자 요정 아이였다. 하늘나라 빌리지 입구에서 100km 정도 떨어진 곳인 깊은 녹황색 밀림에 살고 있었다. 밀림을 담당하는 요정으로, 그곳에서 바람의 세기, 비의 양, 햇빛의 정도를 적절히 조절하여 나무들의 영혼이 시들지 않고 건강하게 자라나도록 감독하고, 관리하는 역할을 했다.

"누구야? 날 부른 이가? 나 여기 있떠."

아기가 낼 법한 혀짧은 소리를 내는 청명 요정이 기지개를 크게 켜며 대답했다. 얼굴은 볼살이 토실토실한 갓난아기였고, 몸은 건장한 청년의 몸이었으며, 두 개의 청록색 날개를 거대한 휘장처럼 달고 있었다.

"나야 나. 박하야. 오늘 너한테 소개할 영혼이 있어서 데리고 왔어. 내가 많이 사랑하는 여자 친구 잎새야. 자! 잎새야, 청명이랑 인사해."

박하는 잎새와 청명 요정을 번갈아 가며 쳐다보고 서로에게 인사를 시켰다.

"난 이미 잎새가 누군지 잘 알고 있었엉. 방가방가! 히히히."

청명 요정이 잎새를 보고 의미심장한 미소를 지으며 한쪽 눈을 찡긋 감아 윙크하였다.

"날 이미 알고 있다고? 어떻게?"

잎새가 어리둥절한 표정으로 뒷머리를 긁적였다.

"청명 요정은 사랑의 요정이야. 영혼과 영혼이 서로 사랑에 빠지도록 마법을 거는 요정이라서 우리 관계도 이미 다 알고 있는 거야."

그는 잎새의 궁금증을 풀어주려고 얼른 대답하였다.

"자! 이걸 봐. 박하와 잎새를 이어주는 동아줄이야. 이 긴 동아줄을 엮느라고 석 달을 밤새웠다공."

청명 요정이 굵고, 길며, 튼실하게 생긴 동아줄을 들고 와서 둘에게 보여주며 말했다.

"너희 둘의 인연이 쉽게 끊어지지 않도록 내가 밤새 노력한 결과라공."

그러더니 휙 고개를 돌려 꾸지뽕나무들이 모여있는 숲속으로 둘을 데리고 갔다.

"저기 저 암나무와 수나무를 봐 봥! 다 내 덕에 저렇게 사랑하고 있는 거라궁! 히히힛"

그는 서로 사랑에 깊이 빠져 활발히 수정하는 꾸지뽕나무들을 가리키며 자랑스럽게 대답했다. 그러고는 마법의 막대기를 한 번 휙 휘두르자, 암꽃에서 암술이 엄청나게 많이 발생했다. 곧이어 마법의 봉을 한 번 더 수나무를 향해 휘둘렀다. 그러자 암술머리에 수꽃의 꽃가루가 모조리 붙어 수정이 활발히 시작되기 시작하고 열매를 대량으로 생산하기 시작했다.

"내가 수꽃에서 수많은 꽃가루가 생산되도록 이렇게 마법의 막대기를 흔들어 주는 거라공!"

뿌듯해진 요정이 잎새를 보고 자랑하자 밀림의 모든 나무가 일제히 바로 서서 잎사귀로 경례 인사를 했다.

"암나무랑 수나무가 직접 사랑하도록 돕는 거야? 그럼 너 러브레터 쓰는 것도 도와줄 수 있니?"

잎새가 신기해서 입이 반쯤 벌어져 되물었다.

"그럼! 난 창의적인 영감도 주는 요정이야. 나무들이 러브레터를 쓸 때 서로가 가장 감동할 만한 아름답고 감미로운 문구를 쓰는 걸 도와주곤 행. 이 나무, 저 나무에게 사랑의 마음을 심어줘서 밤새도록 러브레터를 쓰도록 돕곤 하징. 박하와 잎새, 너희 둘도 내가 다 도와줘서 그렇게 잘 된 거라공. 모든 게 다 내 덕이양."

요정이 자화자찬하며 잎새와 박하에게 이야기하자 둘은 그의 재롱에 너털웃음을 터뜨렸다.

"잎새는 생전의 나를 하늘나라 빌리지 영혼들처럼 여겨준 사람이야. 장애는 장벽이 될 수 없다고 알려준 거지. 하늘나라 빌리지에서도 영혼들이 서로 교류할 때 상대의 영혼이 얼마나 아름다운가만 신경 쓰지, 그 사람의 사회적 지위나 신체적 장애로는 서로를 판단하지 않아. 온화한 영혼들의 교류만 존재할 뿐이야."

박하가 잎새의 손을 고맙다는 듯 잡으며 말했다.

"난 이제 암나무랑 수나무가 서로 사랑하도록 도와줘야 해서 가봐야 행. 바쁘신 몸이양. 만나서 방가웠엉. 잎새야."

청명 요정이 고사리손을 흔들며 잎새에게 작별 인사를 했다. 그녀도 덩달아 손을 흔들어 인사를 했다.

"오빠. 하늘나라 빌리지는 정말 신비로운 곳 같아. 나무들도 서로 사랑할 수 있도록 요정이 돕고……. 세상과는 전혀 다른 가치관으로 이루어진 장소 같아."

"이곳도 여러 층으로 나뉘어 있어. 세상 영혼들이 세상을 막 떠나 이곳에 도착했을 때 제일 먼저 신이 하는 일은 그들이 쓴 시간의 무게를 재는 일이야. 돈을 벌고, 명예를 쌓고, 인기를 누리기 위해 노력한 시간도 재고. 사람들을 사랑하고, 희생하고, 아껴주었던 시간도 모두 저울에 재. 후자의 시간이 더 무거울수록, 고층의 하늘나라 빌리지로 올라가. 전자의 시간이 더 많이 쌓여있을수록 아래층에 있어야 하고……."

"그렇구나. 우리 엄마 같은 사람은 고층에 계시겠다. 그러면……."

"이제 그분을 만나 뵐 수 있도록 도와줄게."

놀라움에 망설이는 잎새의 손을 잡고, 잠시 눈을 감아보라고 했다. 잎새가 잠시 눈을 감자, 순식간에 순간 이동이 돼서 박하와 잎새는 5층짜리 빨간 벽돌집이 있는 단독주택 앞에 서 있었다. 잎새의 꿈속에서 언젠가 한 번 본 적이 있는 듯, 익숙한 모습의 주택이었다.

"저기 저 안에 계신 분이 누군지 한 번 봐!"

박하가 한 영혼을 가리키며 말했다.

"응? 어! 엄…… 엄마다. 엄마!"

잎새가 놀라서 더듬거리며 엄마 가까이 다가갔다. 그녀의 엄마는 하늘나라 빌리지에 막 올라온 영혼들의 초상화를 그리느라 분주했다. 엄마의 그림을 탐내면서, 자신들의 초상화를 부탁하는 사람들로 대문 100m 바깥까지 줄이 빼곡히 나 있었다.

"우리 잎새 왔구나. 기다리고 있었어. 혼자서 얼마나 애썼어?"

엄마가 유화 초상화를 그리던 붓을 놓고, 딸을 꽉 안아주었다. 돌아가시기 직전과는 다르게 안아주는 힘이 약하지 않았다. 건강이 좋아졌다는 증거였다.

"엄마!"

아무 말을 잇지 못하고는 엄마를 꼭 붙들고 한참을 울었다.

"잎새야! 그만 울어. 우리 울보. 엄마 여기 이렇게 살아있어."

"엄마! 엄마가 그만 사라져 버린 줄 알고, 다시는 못 볼 줄 알고……."

계속해서 우느라고 말을 다 잇지 못했다. 엄마는 잎새의 눈물을 닦아주며 설명했다.

"엄마는 하늘나라 빌리지에서 이곳 영혼들의 초상화를 그려주고 있단다. 잎새야. 이 초상화에 담긴 모습들은 살아있을 때의 외모가 아니라 내면의 모습들이야. 신이 가장 사랑하시던 모습들, 선한 영혼들이 지닌 내면의 가장 아름다운 모습이고. 난 여기서 그런 모습을 그려주는 일을 하고 있지. 이렇게 고운 영혼들에 둘러싸여 그림을 마음껏 그릴 수 있으니 얼마나 행복한지 모른단다. 그만 울어. 우리 딸."

오래간만에 잎새는 엄마의 품에 포근히 안겼다. 그러고는 엄마가 돌아가시기 직전을 회상했다. 그때는 그저 엄마의 그믐달이 환하게 차오르는 보름달로 채워지기만을 간절하게 바랐다. 그건 무참히 부서질 수밖에 없는 바람이었다.

'엄마를 다시 만날 수 있을까?'

잎새는 자신에게 수십 번씩 되묻곤 했다. 회상에 잠긴 잎새의 마음을 금세 읽은 엄마가 말했다.

"그럼. 엄마는 사라진 게 아니라 네 가슴 속에서 영원한 보름달로 살아있어. 마음에 하늘나라 빌리지가 있는 사람들은 살아서도 언제든지 이곳 영혼들을 만나볼 수 있어. 네 마음속에 하늘나라 빌리지가 있으니 엄마를 찾으면 항상 만날 수 있어."

"엄마, 정말 제 마음속에 항상 계시나요?"

"그럼. 엄마는 잎새의 마음속에 항상 살아있을 거야. 네가 나 때문에 슬퍼하면 엄마도 하늘에서 울어야 하고, 나를 기쁘게 기억하면 엄마도 웃을 수 있어. 그러니 엄마가 웃기를 바란다면 너부터 행복해져야 한다는 걸 기억하렴. 엄마는 이제 고통이 없는 곳에 있으니까, 엄마를 떠올리며 눈물 흘리기보다 우리가 함께 갔던 여행길, 조촐하게 피어 산들바람에 흔들리던 코스모스를 추억해 주길 원해. 미소 지어주고. 서로에게 했던 농담도 떠올리고. 그렇게 네가 행복해하기를 원한단다. 엄마는 네 속에서 늘 살아있을 거니까."

 엄마의 영혼이 잎새의 양 볼을 쓸어주며 눈물을 닦아주고 있었다. 잎새가 훌쩍이며 흔들리는 음성으로 엄마에게 기대자, 푸른 새 한 마리가 청명한 울음소리를 내며 하늘을 가로질러 갔다. 잎새의 시린 마음을 흠뻑 물고는, 푸드덕푸드덕, 수평선 너머로 날아가는 듯했다. 엄마가 이어서 말씀하셨다.

"엄마는 더는 아프지도, 슬프지도 않단다. 신의 품에 온전히 안겨 휴식하기 때문이야. 지금껏 한 번도 경험해 보지 못한 사랑과 빛의 축복에 둘러싸여 있어. 온전히 행복해진 엄마를 떠올리며 인제 그만 아파하길! 죽기 직전에 고통으로 몸부림치던 엄마는 이제 없단다. 설령 그때 내가 우리 딸 곁에서 계속 살아있었다고 해도 고통 속에 신음하며 안락사만을 외쳤을 거야. 그랬다면 엄마가 행복하다고 말할 수 있었을까? 고통 때문에 빨리 죽고 싶어 했잖니. 넌 나를 오래도록 곁에 두고 보고 싶어 했고. 보내야 할 것 같은데, 보낼 수 없는 마음이 아프게 충돌했으니, 우리 딸 얼마나 힘들었을까. 생과 사를 선택해야만 하는, 그 묵직한 무게를 혼자 어떻게 감당할 수 있었을까. 엄마가 더 이상 그러한 고통 속에 거하지 않는다는 사실 하나만으로도 잎새에겐 감사할 일이 되지 않을까."

"엄마! 제 곁에 이렇게 항상 계셔 주세요. 정말이지 너무 그리웠어요."

"잎새야. 세상으로 돌아가서도 엄마가 보고 싶어지면 눈을 들어 하늘의 구름집을 바라봐. 그리고 엄마를 떠올려 봐. 엄마가 포근하게 안아줄 때를 떠올리면, 하늘의 뽀송뽀송한 새털구름이 되어 울고 있는 널 감싸 안아 줄 거야. 네 마음이 갈라지고 건조해질 적에는 하늘 먹구름이 되어서 촉촉이 적셔 줄게. 네 눈이 너무 부셔 하늘을 바라볼 수 없을 때는 높층구름이 되어 해며 달이며 모두 가려줄게. 또 네 마음이 심란하고 답답할 때면, 소나기구름이 되어 무더운 여름날 소나기를 내려 줄게. 네가 더워하지 않도록……. 엄마를 향한 그리움이 차오를 때는 뭉게구름이 되어 네 마음을 따스하고 포근하게 안아줄게."

"그래요. 엄마가 그리워지면 하늘의 구름집을 보며 엄마를 불러 볼게요."

"잠깐만 우리 떨어져 있는 거야. 영영 헤어진 게 아니야. 잎새 네가 세상 떠나는 날, 엄마도, 네가 사랑하는 박하도 다 다시 만날 수 있어. 그 약속을 굳게 붙들어."

"잎새야. 어머니는 내가 이곳 하늘나라 빌리지에서 잘 모실게. 네 어머니는 나한테도 소중한 분이야. 사랑하는 사람의 어머니이니, 내 어머니이기도 해."

박하가 아쉬워하는 잎새의 손을 이끌며 다음 장소로 가야 한다고 조심스럽게 일러주었다.

"엄마. 또 만나요. 제 가슴 속에 영원히 함께해 주시기로……."

잎새와 엄마는 촉촉이 젖은 미소와 함께 서로를 꽉 끌어안고 작별 인사를 했다.

생과 사의 사막을 건너는 유니콘

"휘이익! 휘이익! 휘이익!"

박하가 휘파람을 길게 세 번 불러서 하늘나라 빌리지의 유니콘을 급하게 불렀다. 잎새가 이곳을 여행한 지 어느덧 30일의 시간이 지나 있었다.

"잎새야. 나 잠깐 유니콘에 물 먹이러 갈 시간이 되어서 그런데, 여기 연못에서 좀 쉬고 있을래?"

그는 저 멀리 달려오는 유니콘 무리를 가리키며 잎새에게 부탁했다. 목이 한창 탄 유니콘 무리가 혀를 길게 늘어뜨리고 헉헉거리며 점점 더 가까이 모습을 드러냈다.

"오빠! 저게 유니콘이야? 이마에 뿔이 달려 있네? 말 같기도 하고, 산양 같기도 해."

유니콘 무리는 빛나는 백마의 모습에, 산양의 황갈색 수염을 휘날리며, 이마에는 늠름한 뿔을 자랑스럽게 흔들어댔다. 그들은 순식간에 박하와 잎새를 에워쌌다.

"유니콘이 꽤 늠름해 보이지? 세상에서 막 숨을 거둔 영혼들이 생과 사의 사막을 횡단해서 하늘나라 빌리지까지 오려면 이 유니콘을 타고 와야 하는데, 꼬박 3일을 쉬지 않고 계속 사막을 건너야 해. 그래서 유니콘들에게 미리 물을 많이 먹여놔야 해. 저기 오아시스가 보이지? 오빠 잠시 거기에 다녀올게."

그렇게 말하더니 유니콘 무리를 능숙하게 이끌고 오아시스로 데려갔다. 거기서 무리가 충분한 물을 마시게 했다.

"모든 유니콘은 적어도 3일 치 물을 미리 먹어야 해. 얘네들이 물이 부족해서 실신하면 굉장히 위험한 일이 발생하거든."

"무슨 일이 벌어지는데? 영혼들이 사막을 못 건너는 거야?"

"맞아. 세상을 떠난 영혼들이 하늘나라 빌리지까지 무사히 건너오지 못하고 생과 사의 사막에서 영원히 떠돌게 돼. 유니콘이 물이 부족해 실신해 버리면, 영혼들은 유니콘도 없이 힘들게 걸어서 이 사막을 건너와야 해. 그 상태가 오래 지속될수록 세상에서는 식물인간 상태가 계속되는 거고……."

"어머나! 유니콘에게 충분한 물을 먹이는 일이 그렇게 중요한 거구나."

"그렇지. 유니콘은 생과 사의 사막에서 모래 폭풍이 부는 시기를 가장 잘 알고 있는 동물이야. 그들은 직감적으로 언제 모래 폭풍이 불지 않는지 알거든. 그렇게 유니콘들은 안전한 시기에만 사막을 횡단하지. 생과 사의 사막에 일기 예보가 같은 셈이지. 유니콘을 타지 않고, 영혼이 홀로 생과 사의 사막을 건너면 굉장히 위험해져. 사막의 떠돌이가 되어 버릴 수도 있어."

"오빠는 하늘나라 빌리지에서 굉장히 중요한 일을 맡았구나. 어? 유니콘들이 더는 헉헉거리지 않네. 목마르지 않나 봐."

"응, 맞아. 3일 치 물을 다 먹여놔서 이제 든든히 사막을 건널 준비가 되었어. 휘이익! 휘이익! 휘이익!"

박하가 다시 한번 휘파람을 세 번 불자, 유니콘 무리가 한 줄로 생과 사의 사막 저편으로 건너갔다. 저 멀리서 세상을 막 떠난 영혼들이 한 명 한 명씩 유니콘 등위로 올라타는 것이 보였다. 넘어지지 않도록 유니콘의 뿔을 힘껏 붙들고 이동하는 영혼들. 그들이 생과 사의 사막을 홀로 헤매지 않고 무사히 건너가게 되길 잎새는 마음속으로 빌었다.

백조의 도래지

박하와 잎새가 함께 보낸 시간이 어느덧 50일을 훌쩍 넘기고 있었다. 박하는 하늘나라 빌리지 남쪽으로 이동하기 위하여 그녀의 손을 다시 잡고 잠시 눈을 감게 했다. 5초 정도 지나 잎새가 눈을 뜨자, 둘은 기후가 온난한 한 호숫가에서 조각배를 타고 노를 젓고 있었다. 그 호숫가는 하늘나라 빌리지의 남쪽 지역에 있는 곳으로, 낮에는 연한 옥빛이 되었다가 밤에는 뽀얀 우윳빛으로 변하곤 했다. 연분홍빛과 아이보리 빛이 섞여서 하늘거리는 억새풀로 울창하게 둘러싸였고, 억새풀이 바람결에 끄덕끄덕 졸았다. 그 풋풋한 풀 내음이 호숫가 사방으로 퍼졌다. 이곳은 백조들을 비롯한 수많은 철새의 영혼들이 월동하러 들르는 임시 휴게소 같은 곳이었다. 하늘에는 흰머리 독수리의 영혼이 장엄한 날개를 펼치고 비행하고 있었다. 물가에는 오리 떼 영혼이 백조 옆에서 물구나무서기를 하며 수면 아래의 먹이를 부지런히 찾고 있었다. 뾰족한 꼬깔콘처럼 일제히 곤두선 오리들. 먹이 쟁탈전을 벌이며 서로를 부리로 야비하게 쪼아대느라 시끄럽게 아우성쳤다. 그러한 오리들 옆에, 백조 수백 마리의 영혼이 모여 호숫가에서 자신을 정갈하게 하려고 목욕하고 있었다. 백조의 부드러운 깃털이 태양에 닿아 눈부신 흰색으로 빛을 발하고 있었는데, 길고 가는 목에서는 광채를 더하는 윤기가 옥구슬처럼 흘렀다. 넓은 물갈퀴로 우아하게 다리를 젓자, 순식간에 멀리 나아갔다. 무리는 호수에 둥그런 파문을 일으킨다.

"오빠! 여기는 또 어디야?"
"잎새야. 여기는 하늘나라 빌리지 남쪽 지방에 있는 백조들의 월동 도래지 호수야. 겨울에는 백조의 영혼들이 하늘나라 빌리지 북쪽 지방과 동서 해안을 따라 남하해서 이곳에서 월동하곤 해. 이곳의 겨울은 그리 춥지 않지만, 백조의 영혼들은 생전에 월동하던 습관이 남아 있어 죽어서 영혼이 되고 난 이후에도 겨울이 되면, 휴식할 공간을 찾아 날아오곤 해."
수백 마리 백조들의 영혼이 빼곡히 자리 잡은 호숫가에서는 슈베르트의 연가곡집 『백조의 노래』 중 제4곡 「세레나데」가 흘러나와서, 헤엄치는 백조의 눈부신 깃털 위에서 춤추고 있었다. 「세레나데」의 서정적이고 구슬픈 바이올린 선율에 따라 백조의 영혼들이 저마다 『백조의 호수』에 나오는 발레리나들처럼 우아한 포즈를 취했다. 일부 백조의 영혼들은 「세레나데」도 일제히 합창했다.

「내 노래는 이 밤의 어둠을 뚫고 그대에게 나지막이 간청합니다. 고요한 수풀 아래로 사랑하는 사람이여 내게로 오세요. 잔 수풀 가지들은 달빛 속에서 속삭이며 살랑거리네요. 그대도 가슴을 열어 주세요. 그대를 기다리고 있잖아요. 제발 나에게로 돌아와요.」

박하와 잎새는 제4곡 「세레나데」의 감미로운 가사를 음미하며 백조들의 발레 공연과 합창곡을 열심히 관람했다.

"이렇게 많은 백조는 처음 봐! 저렇게 새하얀 깃털로 목욕을 하고 있다니! 깃털이 너무 새하얘서 눈이 멀어 버릴 것 같아!"

그녀는 연방 감탄하며 백조들에게 손을 내밀었다. 그러자 저 멀리서 잎새를 물끄러미 바라보던 백조 부부 두 마리가 먹이를 주는 줄 알고 퍼드득퍼드득 급하게 날아왔다.

"백조가 배가 고팠나 봐. 여기 갈대가 좀 있어. 이 뿌리를 먹으라고 한 번 줘 봐!"

박하가 갈대 한 뿌리를 꺾어다가 그녀에게 건네주자, 백조 중 암컷으로 보이는 영혼이 검고 노란 부리를 '앙' 하고 벌려 재빠르

---

1 슈베르트, 「세레나데」, 『백조의 노래』 중 제4곡, D.957-4

게 낚아채더니, 저 멀리 혼자 날아가 버렸다.

"그 서양 전설 들어 봤어? 백조는 조용히 침묵하다가, 일평생 단 한 번만 자신의 목소리를 내서 노래를 부른대. 그 목소리가 구슬프게 아름답다고 하던데……."

박하가 조용히 침묵하는 백조 무리를 바라보며 잎새에게 말을 걸었다.

"백조는 마치 오빠 같구나. 어떤 어려움에도 쉽게 울지 않는 사람이었잖아."

"평생을 침묵하다가 마지막으로 부르는 노래라면, 백조는 자신의 혼신을 다한 소리를 내며 운 걸 거야. 생의 마지막에 어떤 노래를 남기고 떠나고 싶어 했던 걸까. 평생 가슴에 담아놓은 이야기를 종착역에 다다라서야 겨우 꺼내놓는다니…… 백조는 진짜 과묵한 새인가 봐."

그는 백조에 관한 자신의 감상을 이야기했다. 그의 말을 듣고 잎새가 깊은 생각을 하는 걸 보더니, 계속 말을 이었다.

"네가 하늘나라 빌리지로 오게 되면 이곳, 백조의 도래지를 꼭 함께 와 봐야겠다고 생각했어. 눈부신 백조의 영혼들이 휴식할 곳을 찾아 이곳 호숫가에서 몸을 담그고 목욕하는 광경을 함께 지켜보면서, 지는 석양을 같이 마주 보고 싶었어. 태양이 이글거리는 몸을 호숫가에 담그고 그 몸의 열을 식히면서 저물어갈 때, 백조들의 눈부신 깃털이 함께 석양빛으로 물드는 풍경을 보여주고 싶었거든."

"오빠. 정말 황홀한 풍경이야. 세상에 있을 때 단 한 번도 구경하지 못했던 모습이고."

"언젠가 네가 말해주었던 게 기억나. 내가 오리가 아니라 백조인데 사람들이 미처 못 알아볼 수도 있다고 말했었지? 이곳 백조 도래지를 혼자 찾아올 때마다 그 말이 떠오르곤 했어. 난 한 번도 그런 식으로 날 바라보지 못했었는데……. 자존감이 낮아질 때면, 이곳에 와서 백조들을 바라보며 네 말을 추억하곤 했었어."

"그랬구나. 내 말을 오래도록 잊지 않고 기억해 줘서 고마워. 난 진심만을 말했던 것뿐이야. 오빠는 내가 아는 사람 중 가장 따뜻하고 눈부신 사람이었으니까."

문득 잎새는 백조가 생의 마지막에 어떤 유언 같은 노래를 남기고 떠나고 싶어 했을지 궁금해졌다. 박하가 가슴에 고이 품어 둔 자신의 이야기를 조곤조곤 들려주는 것이 마치 과묵한 백조의 울음소리를 듣는 듯했다. 곧 저물녘이 되어, 호수의 수면이 태양을 꿀꺽 삼켜 잉태했다. 태양을 삼킨 호수의 배가 만삭인 임산부의 배처럼 불룩 튀어나오고, 태양이 호수의 자궁 안에서 금빛 발길질을 넘실넘실해댔다. 태양의 발길질이 아주 힘차서, 호수 수면은 눈부신 금빛 발자국들로 금세 가득 차 버렸다. 그녀는 언젠가 석양을 보고 위로받았던 기억이 났다.

'그때가 언제였더라. 처음 보는 이 광경이 왜 이렇게 낯익지?'

그리고 곰곰이 자신의 기억을 더듬어 보았다.

'아! 맞다. 오빠가 죽고 나서 방안에만 혼자 틀어박혀 있을 때, 저 저물어가는 태양 너머 어딘가에서 하늘나라의 빛을 비춰주는 것으로 보였지. 나는 이미 그때부터 오빠가 이곳, 하늘나라 빌리지에서 편히 쉬고 있다는 사인을 받았던 거구나. 그래서 그렇게 일시적으로나마 마음이 평안해졌던 거구나.'

잎새는 가슴 속에서 하늘나라 빌리지의 성벽이 견고하게 쌓이는 것을 느꼈다.

박하와 잎새의 조각배가 얌전하게 목욕하는 백조들을 지나 호숫가 가장자리에 다다르자, 한 할아버지의 영혼이 낚시에 열중하는 모습이 보였다.

"나도 낚시하는 것 좋아하는데…… 한번 해보겠다고 할까?"

박하는 할아버지 영혼에게 다가가 양해를 구하고 낚싯대를 힘껏 잡았다. 삼십 분이 지나자, 물고기가 낚싯바늘의 미끼를 문 것처럼 낚싯줄에 진동이 전달되는 듯했다. 그의 손에서 전율이 찌르르 느껴졌다. 무엇인가 잡힌 것만 같아서 그는 흥분하여 힘껏 낚싯대를 위쪽으로 끌어당겼다. 그러나 모두 허상이었다. 아무엇도 잡히지 않는 헛낚시질만 여러 번. 그는 3시간이 지나도 단한 마리의 고기도 잡을 수 없었다.

"왜 저한테는 고기가 도통 안 잡히지요?"

먼저 낚시질하던 할아버지가 빙그레 웃더니 자신이 가지고 온 떡밥을 나눠주며 인자하게 말했다.

"물고기를 잘 잡으려면 특수 떡밥이 필요하다네. 이걸 사용해서 물고기를 한 번 낚아 보거라."

할아버지 영혼이 준 떡밥에는 사랑이라는 글씨가 예쁘게 박혀 있었다. 사랑이라는 글씨가 쓰인 떡밥을 물고기에게 주니, 오 분도 채 안 되어 핑크빛 연어 한 마리가 입질을 했다. 박하는 고기의 힘이 빠질 때까지 낚싯대를 세워서 탄력을 살려주었다. 또, 연어가 옆으로 팔딱거릴 때마다 낚싯대만 옆으로 눕혀서 각도를 유지했다. 고기의 힘이 빠질 때까지 참을성 있게 기다렸다. 연어의 힘이 서서히 빠지자, 박하는 낚싯대를 서서히 일으켜 연어 한 마리를 성공적으로 낚을 수 있었다.

"물고기 한 마리를 잡으려고 해도 사랑이라는 먹이를 정성껏 주지 않으면 안 되네."

박하가 신기해했다. 갑자기 그때 잎새가 궁금한 것이 생겼다는 듯, 박하에게 물었다.

"오빠! 얼마 전에 만난 우리 엄마가 하늘나라 빌리지가 마음속에 존재하는 사람들은 누구든지 이곳 영혼들을 만나볼 수 있다고 했는데, 그럼 세상으로 돌아가도 오빠 보고 싶으면 언제든지 다시 만나볼 수 있는 거야?"

박하가 그녀의 새끼손가락을 자신의 새끼손가락에 걸며 약속했다.

"그럼! 오빠는 네 가슴 속에 하늘나라 빌리지가 견고히 살아 숨 쉬는 한, 오빠도 그곳에 함께 영원히 살아있을 거야. 자! 이거 받아 봐!"

박하는 자신이 애지중지하던 천체 망원경을 잎새에게 건네주며 말했다.

"내가 보고 싶어지면 이 천체 망원경으로 밤하늘을 바라봐. 어느 때는 처녀 자리의 전설이 되고, 어느 날은 천칭자리의 전설이 되어서 같이 밤을 지새워줄게. 이야기해 줬던 별자리의 전설이 네게 자장가를 불러 주며 날 추억하게 할 거야. 그 무수한 별자리들 틈에서 내 목소리가 들려올 거야."

"오빠가 떠나고 나서 더는 별자리 이야기를 들을 수 없어서 슬펐어."

"그래서 이 천체 망원경을 네게 주는 거야. 그 망원경으로 별을 관측하면 세상에 돌아가서도 내 목소리를 생생히 느낄 수 있을 거야."

박하가 건네준 천체 망원경으로 하늘 위를 이리저리 살펴보다가, 잎새가 다시 물었다.

"그럼 오빠……. 밤길이 무서워서 혼자 걸어갈 수 없을 때는 어떡해?"

박하가 그녀의 떨고 있는 손을 지긋이 잡아 주며 따뜻하게 대답했다.

"이제 밤길에 널 데려다줄 수 없게 되었으니, 달과 별에게 부탁할게. 네가 가는 골목길을 더욱 환히 비춰달라고 기도해 놓을게."

열성 377

잎새와 박하가 하늘나라 빌리지를 여행한 지 어언 70일이 넘어가고 있었다. 허락된 시간이 얼마 안 남은 걸 깨닫고는 잎새가 다급해져서 그에게 물었다.

"오빠의 가족분들도 만나게 해준다고 약속했잖아? 그분들은 언제나 돼야 만나볼 수 있어?"

"응. 잎새야. 안 그래도 이번에는 우리 가족들을 소개해 주려고 계획하고 있었어. 그런데 하나 알려줄 게 있어. 이곳의 영혼 모두는 가장 아름다웠던 시절의 모습을 간직하고 있어. 그래서 할아버지도, 아버지도, 나도, 나이 차이가 전혀 나 보이지 않을 거야. 모두가 친구 같아 보일 거라는 이야기야."

"영원히 늙지 않는 모습을 지니고 살아가는 거구나. 신기하다!"

"우리 외할아버지는 추위를 많이 타셔서 뜨거운 행성인 열성 377에 사셔. 생전에는 늘 전기장판을 깔고 주무셨는데 지금 사는 곳은 따뜻한 기후라서 전기장판도 필요 없지. 거기에 가려면 내 비눗방울 우주선을 타고 가야 해. 자! 여기 한 사람 더 탑승할 자리가 있어. 이리 와서 앉아."

그는 신기해하는 잎새를 이끌고 비눗방울 안쪽 좌석까지 가서는, 그녀를 정중히 앉혔다. 잎새와 박하가 탄 비눗방울이 그 둘을 태우고 우주의 별자리를 스케이트 타듯이 둥실둥실 미끄러져서 비행했다. 비눗방울 우주선은 10분도 채 안 걸려서 열성 377에 도착했다. 이 행성의 입구는 불투명한 구름으로 덮여있었고, 현무암질의 평원으로 이뤄져 있었다. 서울의 따뜻한 여름날 같은 날씨였지만, 장마 때처럼 습하거나 끈적거림이 전혀 없이 상쾌했다. 도착하자마자 기분을 맑게 하는 편백 숲의 향기가 곳곳에 진동했다.

"자! 여기 열성 377에 드디어 도착했어. 잎새야. 저기 할아버지께서 열심히 가구를 만들고 계시네. 할아버지! 안녕하세요. 저희 왔어요."

박하의 외할아버지는 날이 30cm 이상 되는 양날톱으로 하늘 나무를 직각으로 자르고 있다가, 잎새와 박하를 반겨주셨다. 그는 군데군데 페인트칠과 톱밥이 묻어있는 작업복을 입고 있었다. 할아버지의 눈빛은 초롱초롱 빛나는 열정으로 가득해 보였다. 그래서인지 낡은 작업복을 입고 있어도 남루해 보이지 않았다. 할아버지는 크고 잘 단련된 어깨 근육을 지닌 20대 청년의 모습을 하고 있었다.

"아이고…… 먼 길 오느라 수고 많았어. 언제나 만나게 되나 싶었는데 이제야 만나네. 반가우이!"

"안녕하세요, 할아버지. 잎새라고 해요. 이렇게 만나 뵙게 되어서 정말 반가워요. 근데 무슨 가구 만드시는 거예요?"

"으응. 이거. 향기 가구를 만드는 중이라네. 아가. 하늘나라 빌리지 사람들이 새집으로 이사 갈 때마다 집들이 선물로 하나씩 주려고 만드는 중이지."

할아버지가 자랑스럽게 보여주는 물건은 편백 향기가 가득한 화장대였다. 이리저리 화장대를 만져보는 잎새에게 박하가 이어서 설명했다.

"이곳 열성 377에서 할아버지는 편백 채취를 가득히 담아 가구를 만드셔. 할아버지 몸에서는 은은한 편백 향기가 나거든. 여기 하늘나라 빌리지의 영혼들은 생전에 살아온 삶의 모습에 따라 각각 다른 향기를 품어내. 올바르고 곧은 선비 같은 영혼에선 솔 향기가 나고, 편안하고 그윽한 영혼을 가진 이에게서는 삼나무 향기가 나. 슬픔을 위로하고 애도할 줄 아는 공감 능력을 갖춘 영혼은 향나무 향기가 나. 우리 할아버지는 모든 것을 내어주면서도 아무런 대가도, 보상도 바라지 않는 나무처럼 살던 분이셨어. 그래서 할아버지 영혼에서는 편백나무 향기가 나. 할아버지의 향이 풍기면, 어떤 독한 내음을 품은 영혼도 그 편백 향으로 덮어지곤 했어. 예전에 할아버지에게 크게 사기 친 사기꾼도 있었는데, 할아버지는 얼마나 사정이 절박했으면 그런 짓을 했겠냐면서 기부한 셈 치자고 하던 분이었어. 그 사기꾼 영혼은 독한 악취가 풍겼는데, 할아버지의 편백 향기를 맡고 나서는 그 향기에 취해서 잘못을 뉘우치게 되었어. 할아버지의 영혼에서 흘러나오는 편백 향기가 그 악취 나는 영혼을 덮어주었기 때문이지. 잎새, 너도 이곳에서 여행하느라 피곤했을 텐데 향기욕을 한번 해보는 건 어때?"

"향기욕? 그게 뭔데? 어떻게 하는 거야?"

"세상에서 지치고 힘든 영혼들. 실연, 배신, 버려짐을 당한 영혼들도 이곳에서 향기욕을 하고 나면 모두 뽀얀 베이비 로션의 향기를 지닌 영혼으로 회복돼. 할아버지께서는 이곳 선한 영혼들이 풍기는 맑고 싱그러운 향을 모아서 향기 수풀림을 운영하고 계시거든. 이 수풀림을 거닐고, 향기욕을 즐기면 어떤 어두운 감정들도 다 날아가게 되어 있어. 세상에서의 피로와 고단함도 풀 수 있게 되지."

잎새는 그가 가리키는 향기 수풀림을 향하여 걸음을 떼었다. 후끈한 열기를 지닌 바람이 불어와 각기 다른 아로마 향기들이 골고루 섞였다. 바람에 실린 향기들이 아름답게 교제하는 순간이었다.

"하늘나라 빌리지의 영혼이 된다는 것은 평생을 거쳐 자신만의 향기를 지니게 되는 과정이라네."

박하의 할아버지가 향기 수풀림으로 잎새를 인도하며 설명하였다. 각기 다른 향기욕의 효능에 대한 자세한 팻말이 붙어 있었다.

* 라벤더 향: 화상 및 상처 치료, 불면증 치료, 피부색 보완, 여드름 최소화, 항산화 효과, 노화 방지, 두통 완화, 습진과 건선 개선, 기분 호전, 당뇨 치료* 베르가못: 살균 및 해열, 기분 상승, 행복감 증진, 불면증 완화, 무기력증 감소, 항균 효과* 자몽: 기분 고양, 우울감, 무력감 해소, 식욕 촉진, 해독 작용, 항산화 작용, 부종 도움
* 프랑킨센스: 피부질환 치료제, 정신 안정, 불안 감소, 외상 후 스트레스 장애에 효과, 상처 치료, 피부 노화 방지
* 로즈마리: 인지 능력 향상, 치매 예방, 관절염 및 근육통 완화, 체내 노폐물 제거, 탈모 방지
* 오렌지: 감기 치료, 기침 완화, 식욕 부진 해소, 기분 상승, 불면증 방지, 소화 기능 강화, 항진균 및 항살균, 림프 자극, 피부 노화 방지
* 시나몬: 활력 증진, 정신적 피로 감소, 혈액 순환 촉진, 감기 완화

"네가 원하는 향기욕을 선택해 보거라. 아가."

할아버지께서 잎새의 머리카락을 사랑스럽게 쓰다듬으며 이야기했다.

"저는 불면증이 있고, 우울할 때가 많아서, 라벤더로 향기욕을 하고 싶어요."

"그래. 그럼 이리로 오려무나."

할아버지께서 보라색 라벤더의 꽃잎이 가득 담긴 욕조로 잎새를 안내했다.

"먼저 이 물속에 들어가 30분 정도 눈을 감고 휴식을 해보려무나. 슬픔 알갱이가 승화되어서 녹아 있는 빙하 물을 저녁 일곱 시경의 석양 노을로 따뜻하게 데운 다음, 보라색 라벤더의 꽃잎들의 영혼을 가득 담아 우려낸 물일세."

잎새는 할아버지의 조언대로 그 욕조 속에 몸을 담갔다. 풋풋하고 그윽한 라벤더 꽃잎의 향기가 잎새를 감싸안고, 하늘나라 빌리지에 올라오기 전부터 상실감으로 아렸던 마음을 토닥토닥 도닥여 주었다. 피로감과 우울감이 그 물속에 스르르 녹아내리는 걸 느꼈다. 절망감에 똘똘 뭉쳤던 모든 기억이 느슨한 실타래처럼 술술 풀리기도 했다. 이곳에 오기 전까지 소중한 이들의 죽음이라는 그림자에 가위눌려, 숨통이 조일 것 같았다. 그렇게 갑갑했던 마음이 욕조 물속에 차차 희석되더니, 대부분 녹아서 결국은 수증기로 증발해 버렸다. 후…… 숨통이 트인 잎새는 크게 들숨과 날숨을 쉬고, 목욕을 마쳤다.

목욕을 끝내자, 할아버지는 짙은 청록색과 옅은 연두색의 잎사귀, 그리고 질긴 물푸레나무의 가지를 엮어 만들어진 그물 침대를 가지고 오더니, 그곳에 누워서 여독을 풀고 가라고 일러주었다. 동고비 새들이 휘파람 부는 목소리를 내며, 잎새가 잠든 내내 휘이휘이, 편안한 수면 송을 8번 다른 목소리로 불러 주었다.

'외할머니는 외할아버지의 은은한 편백 향기 영혼을 깊이 사랑하셨어.'

잎새는 박하의 외할아버지 향기를 떠올리면서 눈을 감은 내내, 자신이 이 세상을 마치고 하늘나라 빌리지로 올라오면 과연 어떤 향기로 남겨질지 궁금해졌다.

"목욕 다 했으믄, 퍼뜩 본격적으로 산림욕 한번 해보자! 자! 이거 단디 챙겨 입으라."

박하의 외할머니께서 골똘히 생각에 잠긴 잎새에게 옷 한 벌을 건네셨다. 외할머니는 붉은 미니스커트에 하얀 블라우스를 입고 단발머리를 하고 계셨다. 그 모습이 마치 데이트를 나온 깜찍한 여고생 같아 보였다. 그녀가 건넨 옷은 붉고, 노랗고, 하얀 장미 잎으로 엮어진 윗도리 조끼와 새하얀 백합 꽃잎으로 짜인 백치마였다.

"자! 요기 있네!"

"와! 할머니, 그 옷 뭐예요? 엄청 특이한데 예뻐요."

"그라이가? 여, 괜찮나? 파이다카믄 우짤꼬 했지 아이가……. 이 할매가 직접 베틀로 옷을 짰다 아이가. 할매는 여기서 천상의 꽃잎들로 베 짜가, 옷 없는 영혼들에게 선물하곤 했데이. 이래 봬도 할매 솜씨가 기가 막혀가, 더운 행성에 있는 영혼들한테는 시원한 나시 짜서 보내주고, 추운 행성 영혼들한테는 백조 털 파카를 수출했다 아이가."

"이곳에 옷이 없는 사람들이 있어요?"

"그라제. 여도 세상에 있을 때 의미 있는 일을 많이 몬하고 올라온 영혼들이 있데이. 그런 영혼들은 옷이 없다 아이가, 아가야. 그래서 그런 영혼들을 위해가꼬 이 할매가 직접 수고했다 안카나."

"할머니. 이 꽃잎 옷 잘 입겠습니다. 어때요? 저한테 잘 어울리나요?"

"참말로, 아가가 참 곱다 아이가."

"이 옷을 입고 저는 이제 어디로 가나요?"

"아직 우리 할배가 운영하는 식물원 본격적으로 구경도 몬 해봤다 아이가. 거기 가봐야제."

박하 할머니의 안내를 따라 잎새는 열성 377 식물원으로 갔다. 세상에서 구경하지 못했던 신기한 나무들이 가득 자라나고 있었다.

"이곳이 내가 말했던 할배가 운영하는 식물원이다 아이가. 마음껏 구경하그라."

"할머니! 이 나무는 뭐예요? 나무 한 그루에 무화과, 체리, 자두, 유자, 블루베리, 앵두, 매실, 사과, 살구……. 와! 끝도 없네……. 이 모든 열매가 한 그루에 열려요."

"응. 이 나무는 할배가 20년 동안 개량해서 마침내 개발한 나무라 안카나. 나무 한 그루에 150개의 열매가 열리도록 하느라고, 할배가 머리 싸매고 고생했제. 150 나무라고 불린다 아이가."

잎새는 150 나무에서 체리와 블루베리, 살구를 동시에 따서 정신없이 먹어 보았다. 세 가지 과일 맛이 혼합된 고급 스무디를 먹는 것만 같았다. 세 가지 과일을 차례대로 따먹자, 잎새가 체리 모양으로 변했다가, 블루베리 모양으로 변했다가, 살구 모양이 되어 둥글둥글 식물원 바닥에 굴러다녔다. 5초가 지나자 다시 잎새는 사람 형상으로 돌아왔다. 150가지의 과일들을 신나게 따 먹느라고, 할머니와 잎새의 혀는 시뻘건 자주색이 되었다가, 푸른색으로 염색되었다가, 오렌지 색깔로 변했다. 실컷 과일을 따 먹은 그들은 오른쪽으로 돌아서 남색으로 치장된 벽으로 들어갔다.

식물원 동쪽에 다다르자, 나무 한 그루에 200개의 다른 꽃이 피는 나무가 모습을 드러냈다. 한 그루 나무에 동백꽃, 납매, 매화, 목련, 벚꽃, 라일락, 불두화 등등이 흐드러지게 피어, 마치 나무 위에 휘황찬란한 꽃 폭죽이 터진 것 같았다. 수많은 꽃 중에서 잎새는 양초 같은 느낌의 노란 꽃인 납매를 꺾어다가 자신의 귀에 꽂아 보았다.

"할머니. 이 나무도 수백 개는 돼 보이는 다른 꽃들이 나무 한 그루에 이렇게 피어있어요."

"신기하재? 갸도 할배가 수백 종의 나무를 접목해서 개발한 거 아이가."

잎새는 여러 가지 꽃을 구경하다가, 할머니의 설명을 들었다.

"잎새야! 그거 알아? 이곳 하늘나라 빌리지에서 첫 생명은 항상 꽃으로 시작해. 잎이 먼저가 아니야."

지금껏 할머니와 잎새의 대화를 경청하기만 하던 박하가 옆에서 한마디 거들었다.

"첫 생명이 늘 꽃으로 시작하니 나무들은 더 부지런히 사랑하나 보다. 하루라도 빨리 사랑의 결실을 보려고……."

잎새가 나뭇등걸을 연거푸 쓰다듬으며 박하에게 미소 지어 보였다.

"마지막으로 보여줄 나무가 있어. 이 나무는 하늘나라 빌리지에서 할아버지가 상으로 선사 받으신 나무야."

박하가 카멜레온 나무 앞으로 잎새를 인도하며 말했다.

"이 나무의 이름은 카멜레온 나무야. 기후에 따라서 나무의 종류가 10번 바뀌어. 소나무에서, 주목, 노간주나무, 향나무, 대나무, 갈잎나무, 낙엽목, 바늘잎나무, 단풍나무, 떡갈나무로 이렇게 변신해. 10번을 변덕스럽게 변신한다고 해서 카멜레온 나무라고 해. 할아버지께서 별명을 지어주셨어."

나무는 날 선 칼날처럼 푸른 소나무로 꼿꼿이 서 있다가, 선선한 바람이 불자 아기의 빨간 손을 떨구는 단풍나무로 변모했다. 조금 후에 찬 바람이 북쪽에서 불어오자, 나무의 잎이 바늘처럼 변하더니 바늘잎나무가 되어 뾰족한 얼굴을 드러냈다.

"정말 이런 나무들이 다 있구나. 하늘나라 빌리지에는 나무들도 늘 새롭네. 잠깐 뒤돌아서면 소나무고, 잠깐 숨 쉬고 나면 단풍나무, 곧이어 바늘 잎나무가 되니……. 나무만 구경해도 지겨울 새가 없겠어. 근데 오빠. 이 까마중은 우리 집 뜰앞에서도 많이 보던 건데……. 하늘나라 빌리지에서도 세상에 있는 나무랑 똑같은 나무도 있네?"

잎새가 눈이 동그래져서 박하에게 물었다.

"이 나무들 모종을 다 받게 된 사연이 있지. 하늘나라 빌리지에 갓 올라온 한 영혼이 있었는데 그 영혼이 이곳 식물원의 나무들을 둘러보고 갑자기 눈물을 지으며 말하는 거야. 자기가 죽으면서 그 집 화초들은 모두 말라 죽게 생겼다고……. 그 말을 듣고 가엾게 여긴 외할아버지께서 신에게 부탁하셨어. 그 집 식물들의 영혼을 우리 식물원에 데리고 와서 키우게 해 달라고……. 그 화초 중의 하나가 약재로 쓰이면 좋은 까마중이었는데. 그 까마중 열매를 이곳 식물원에 데려다 놓으니, 제집을 만난 것처럼 무럭무럭 자라났어. 그 영혼은 자신의 화초를 잘 거둬줘서 고맙다고 하시더니 매주 우리 식물원에 와서 물 주는 봉사하고 계셔. 우리 할아버지께서는 여름에 수확한 까마중 열매와 뿌리를 잘 말려서 차를 만들어 두고는, 이곳 하늘나라 빌리지에 처음 방문하는 영혼들에게 대접하곤 하셨어.”

"그 차를 마시는 게 영혼에 좋아?”

"그 차를 마시면 세상에 살 때 경험했던 모든 슬픈 기억을 까마중 열매처럼 새까맣게 잊게 된다고 해. 이 하늘나라 빌리지에 도착해서도 두고 온 자식들 걱정, 남겨진 배우자 걱정으로 노심초사하던 영혼들이 많았거든. 그들의 걱정과 염려를 잠재우고 안정시키는 데에 이 열매로 만든 차보다 더 좋은 차는 이제까지 못 봤어.”

"와! 까마중 영혼의 차는 그런 효능을 지녔구나. 나도 한 잔 마실 수 있어?”

"그래. 잠깐만 기다려 봐!"

박하는 식물원에 있는 아담한 휴게실에 가서 까마중 차를 타가지고 와서 그녀에게 건네주었다. 잎새는 새콤하고 삼삼한 까마중 열매 차를 마신 뒤, 녹록하지 못했던 마음속의 응어리가 찻물과 함께 시원하게 배출되는 느낌을 받았다.

"어때? 마음이 좀 편안해질 거야. 네 마음속의 잠재된 모든 슬픈 기억을 까마중 열매 차가 지우개로 모두 지워줄 거야."

박하가 잎새의 헝클어진 머리카락을 단정히 빗겨주며 말했다.

"우리 할아버지 식물원을 돌아본 소감이 어때? 이곳, 하늘나라 빌리지에는 유난히 수백 가지의 꽃과 열매를 지닌 나무가 많은데 그것들은 모두 이타적인 나눔의 영혼을 지녀서 이곳에서도 가장 양지바른 곳에 심긴 거야."

박하의 이야기를 듣고는 식물원의 나무들을 다시 한번 찬찬히 훑어보았다. 대가도 없이 아낌없이 베풀기만 했던 그 넉넉한 식물의 영혼들이 하늘나라 빌리지에 와서라도 보상받으니 참 다행이라는 생각이 들었다.

해왕 777 행성

잎새와 박하의 여행일지는 어느덧 80일을 넘어가고 있었다. 그녀는 다음 만날 사람이 누구인지 자못 궁금해져서 박하에게 물었다.

"오빠. 우리 이제 또 어디로 여행하는 거야?"

"잎새야. 이번에는 우리 부모님을 소개해 줄게. 화재 사고 때 부모님이랑 이별하고 나서 처음이었어. 부모님과 다시 만나게 된 것은……."

"아! 하늘나라 빌리지에 와서 다들 만나볼 수 있게 돼서 정말 다행이다."

"가면서 더 이야기하자. 시간이 얼마 안 남았어. 어서 올라타."

박하가 잎새를 비눗방울 우주선에 태우고, 안전벨트를 단단하게 매 주었다. 비눗방울 우주선은 무수한 행성들을 스쳐 지나가고, 20분 정도 지나 해왕 777 행성이라고 쓰인 팻말이 꽂힌 곳에

도착하였다. 스산한 가을바람과 간간이 섞인 초겨울 바람이 불어
와서, 잎새와 박하는 옷깃을 단단히 여몄다. 해왕 777 행성은 곳
곳에 얼음과 눈이 쌓인 암석들로 가득 차 있었다.

"여기 날씨는 좀 춥지? 우리 부모님은 더위를 많이 타셔서 이렇
게 추운 행성에 이사 와서 사셔."

박하가 자신의 코트를 벗어 잎새에게 입혀주며 다정히 말했다.
그가 이끄는 대로 1분 정도 걸어가니 마당이 넓고 트인, 현대식
기와집 한옥이 보였다. 용마루와 추녀마루가 모두 사용된 우진각
지붕의 웅장한 한옥이었다.

"엄마! 저 왔어요. 많이 기다리셨죠? 제가 자주 말씀드렸던 여
자 친구, 잎새랑 같이 왔어요. 잎새야! 인사드려. 우리 엄마야."

"안녕하세요. 어머니. 잎새라고 해요. 처음 뵙겠습니다. 춥지
않으세요?"

잎새가 최대한 공손한 모습으로 두 손을 모아 90도 직각으로
인사를 드렸다. 박하의 어머니도 20대 처녀의 모습이었는데 우
아한 목선을 따라 길고 탐스럽고 검은 머리카락을 한 갈래로 정
갈하게 땋고, 진한 선홍색 리본으로 묶은 채로 전통 한복을 입
고 있었다. 밝은 분홍색 저고리에 노란 치마를 곱게 차려입은 모
습이 마치 새색시 같았다. 잎새와 박하 엄마는 동생과 언니 같아
보였다.

"아이고! 잎새를 드디어 만나보게 되는구나. 우리 박하가 그렇게 입이 닳도록 자랑하던 친구. 만나서 반가워."

잎새가 어쩔 줄 몰라 하자, 그의 엄마는 그녀의 두 손을 꼭 붙잡으시며 반겨주었다. 그때 땡그랑 하고 동전 떨어지는 신호음이 박하 엄마의 핸드폰에서 울렸다.

"응? 또 사인을 구하는 요청이 들어 왔구나. 얼른 작업에 들어가야겠다."

박하 엄마가 핸드폰의 메시지를 확인하며 황급히 이야기했다.

"사인을 구하는 요청? 그게 뭐예요?"

궁금해진 잎새가 박하 엄마를 쳐다보며 물었다.

"응. 난 세상 사람들과 이곳, 하늘나라 빌리지 영혼들을 연결해 주는 통신사를 운영하고 있거든."

"통신사요? 살아있는 사람들이랑 하늘나라 빌리지의 영혼들이 서로 메시지를 주고받을 수 있나요?"

"응. 전화 같은 메시지는 아니고……. 사인을 보낼 수 있어. 무슨 이야기인지 어리둥절하지? 더 자세히 설명해 주마. 죽은 영혼들은 세상에 두고 온 가족들, 친구들, 소중한 이들에게 자신이 잘 지내고 있다는 메시지를 보내길 원한단다. 홀로 세상에 남겨진 이들이 죽은 이가 떠난 것 때문에 지나치게 애통해하기 때문이지. 그들의 삶이 고인 때문에 너무 피폐해지는 걸 가만히 지켜볼 수만은 없어서, 대개 떠난 이들은 괴로워해. 그래서 우리 통신사에서는 먼저 죽은 영혼들이 세상에 남겨진 자들에게 보내주길 원하는 사인을 만들어서 선물로 보내준단다."

"와! 그런 게 다 있어요? 이를테면 어떤 거요?"

"예를 들어, 한 영혼은 셀린 디온의 「Power of Love」라는 곡을 한 라디오 프로그램에서 반복해서 틀어달라고 요청했어. 물론 결혼기념일에 틀어주길 바란 거고, 그 팝송은 아내가 평소에 가장 좋아하던 노래였어. 또 그 프로그램은 아내가 즐겨 듣는 프로그램이었고. 그 부부는 매번 결혼기념일이 되면 바닷가에 가서 그 노래를 함께 듣곤 했다고 해. 그래서 그 영혼의 소원을 담아 「Power of Love」라는 노래를 그녀가 듣는 라디오 방송에서 세 번 틀어줬지. 우연히도 그 아내는 하루에 세 번이나 반복해서 노래를 듣게 된 거지. 그때 남편이 하늘나라 빌리지에 평안히 잘 있다는 걸 느꼈고, 또 자신을 사랑한다는 표시로 노래를 보내준 것을 느끼고 눈물을 흘렸어."

"아! 그랬군요. 남편을 잃고 많이 슬펐을 텐데, 기념일에 평소 함께 듣던 노래를 세 번이나 연속해서 들었으니, 남편을 가까이서 느낄 수 있었겠네요."

"우리 통신사가 하는 역할이 바로 그런 거란다. 사별의 아픔 때문에 상실감과 우울감에 빠진 사람들을 위로하는 것. 떠나간 영혼들이 하늘나라 빌리지에서 편안하게 잘 쉬고 있다는 사인을 전해 주는 거. 그래서 안정감을 심어주는 거.”

 “또, 다른 일은 없었어요? 다른 영혼들은 어떻게 남겨진 가족들에게 사랑을 전할 수 있었나요?”

 박하의 엄마는 계속해서 사별 통신사에 관한 이야기를 이어 나갔다.

 “한번은 이런 일도 있었단다. 매번 아내의 생일날이 되면, 장미 꽃다발을 선물하던 남편이 병으로 죽었어. 그는 아내에게 선물을 직접 할 수 없게 되었다고 슬퍼했지. 그래도 차선책이라는 게 있지 않겠니? 결국 자신의 동생 꿈을 통하여 그의 메시지를 보냈단다. 동생에게 자기 대신 아내에게 꽃다발을 전달해 달라고 부탁했던 거지.”

 “……. 정말 로맨틱한 남편이네요. 그래서 어떻게 되었어요?”

 “아내는 생일이면 매번 받곤 하던 장미 꽃다발을 남편이 죽고 난 이후에도 어김없이 남편의 동생으로부터 받았어. 동생은 자신의 꿈에 나타난 형의 이야기를 하면서 꽃다발을 전달해 줬어. ‘형수님에게 형이 전달해 주라고 했어요.’라고 이야기하면서. 아내의 생일날, 그녀는 감동의 눈물을 흘렸지. 꽃다발이 하늘에서 내려온 생일 선물이라면서.”

 “제가 그 아내였어도 눈물 났을 것 같아요. 하늘로부터 내려온 꽃다발 선물이라니······."

"또 다른 이야기를 들려줄까?"

"네. 너무 재밌어요. 신기하고. 더 들려주세요. 모두 다!"

"바닷가에서 거위에게 모이를 주는 게 취미였던 커플이 있었어. 그런데 남자 친구가 그만 먼저 사고로 세상을 뜨게 되었어. 여자 친구는 남자 친구의 죽음 때문에 상심한 채로 둘이 함께 가던 바닷가를 찾아갔지. 그의 기일에 말이야."

"그 커플을 위해서는 어떤 요청을 받으셨어요?"

"남자 친구는 자신의 영혼이 거위가 되어서 여자 친구를 잠시 찾아가게 해 달라고 요청했어."

"그래서요? 남자 친구는 거위가 돼서 여자 친구를 찾아갔나요?"

"바닷가에 도착한 여자 친구는 둘이 모이를 주던 때를 생각하며, 거위를 쓸쓸하게 바라보고 있었어. 그런데 모이를 주지도 않았는데 한 거위가 온종일 자기를 따라다니면서 앞에서 계속 푸드덕푸드덕하고 날갯짓하는 거야. 하늘을 향해서······. 그 거위를 보고 처음에는 의아해했지만, 남자 친구의 영혼인 걸 곧 알아차릴 수 있었어. 그 거위가 하늘을 향해 날갯짓할 때 여자 친구의 마음속에 한 음성이 들렸거든."

"어떤 음성이요?"

"「앨리스야. 나는 여전히 하늘나라 빌리지에서 평안하게 지내면서 널 기다리고 있어. 먼저 가서 기다리고 있으니 너무 슬퍼하지 말아. 상심하지 말고, 네 몸을 잘 챙겨야 해.」 이런 음성을 들었어."

"음성을 들은 아이는 남자 친구가 죽어서도 자신을 염려한다는 걸 깨닫고 위로받았겠네요. 모든 경우가 다 너무 신기해요. 근데 어떻게 이런 통신사를 차릴 생각을 하셨어요?"

잎새가 호들갑스럽게 손짓하며 박하 엄마에게 물었다. 그러자 박하가 이때까지 옆에서 경청하기만 하다가 엄마를 대신해서 대답했다.

"엄마가 화재 사고 때문에 나랑 헤어졌잖아. 그때 나 혼자 세상에 남겨졌고. 그게 마음에 걸렸던 거지. 그래서 어떻게든 힘들어하는 나에게 사인을 보내고 싶으셨대. 그런 식으로라도 날 위로하고 달래주고 싶으셨는데, 그 당시에는 하늘나라 빌리지에 그런 직업이 없었대. 그래서 이런 통신사를 차려서 많은 사별자에게 위로와 평안을 가져다주는 일을 직접 감당하신 거야."

"정말 값진 일이에요. 저도 만약 하늘나라 통신사로부터 그런 사인들을 받았더라면 엄마와 박하 오빠의 죽음 앞에서 그렇게 완전히 무너져 내리지는 않았을 것 같아요."

잎새가 촉촉한 눈빛으로 박하와 그의 엄마를 쳐다보며 이야기했다. 그 말을 듣고 박하가 재빠르게 대답했다.

"나도 황금 벌새가 되어서 찾아갈게. 세상으로 돌아가면 네 곁에 머무는 벌새를 잘 지켜봐. 내 영혼이 벌새가 되어서 방문한 것일 테니까……."

"정말이지? 약속했어. 오빠!"

잎새는 오빠에게 찡긋 윙크했다.

"죽은 영혼은 세상을 떠나고 나서도 남겨진 가족들의 마음에 평안과 위로를 전달해 주기 위해서, 남겨진 가족들은 잃어버린 소중한 이와 다시 만나고픈 희망을 간절히 찾느라고 그렇게 사인을 구하는 거란다."

박하 엄마가 잎새의 가슴에 손을 얹고, 따뜻하게 이야기했다. 다시 만날 날을 기약하는 이별이라면, 그 잠깐의 이별을 잎새도 조금은 단단해진 영혼으로 받아들일 수 있을 것 같았다. 사별 통신사. 박하 엄마가 맡은 이 역할 속에서 사람들이 왜 그렇게 사인을 통하여서라도 한 가닥 희망을 붙들려 하는지 공감할 수 있었다.

"아이고! 내 정신 좀 봐라. 우리 박하 아빠도 소개해 준다는 걸 깜박했네. 박하 아빠! 이리 좀 와 보세요."

저 멀리서 시바견의 털을 온몸에 묻힌 박하의 아빠가 개 밥그릇을 들고 허겁지겁 달려왔다.

"아! 미안하네. 잎새 아가씨. 유기견들의 영혼들이 한꺼번에 우르르 몰려와서 밥을 좀 주느라 늦었네. 만나서 정말 반갑네."

박하의 아빠는 달려와 잎새에게 정중히 악수를 청했다. 무테 안경을 쓰고, 머리를 단정하게 가르마를 해서 넘긴 모습이었다. 잎새는 박하의 아빠가 들고 있는 개 밥그릇을 보며 호기심에 물었다.

"만나 뵙게 되어서 정말 영광이에요. 아버님. 근데 유기견에게 밥을 주세요?"

잎새의 말이 끝나자마자, 털이 군데군데 부숭숭하게 빠진 요크셔테리어와 다리를 절뚝거리는 치와와, 그리고 눈 한쪽을 실명한 골든 리트리버가 한꺼번에 박하 아빠에게로 와서 배를 뒤집어 보이며 애교를 떨었다.

"애고! 이것들이 밥 달라고 이렇게 애교를 부리네. 잎새 아가씨! 요 귀여운 녀석들, 내가 밥 좀 먼저 줄게요. 배고프다고 저렇게 난리네. 참!"

박하 아빠가 세 마리의 유기견들을 사랑스럽게 쓰다듬으며 밥그릇을 나란히 놓아주었다. 박하가 그 모습을 물끄러미 바라보다가 잎새에게 설명해 주었다.

"우리 아버지는 유기견들의 영혼을 위한 펫샵을 운영하고 계셔. 생전에 인간에게서 버림받아 길가에서 떠돌다가 불구가 되어

버린 유기견들. 그 애들의 상처를 위로해 주시려고 펫샵의 물건들을 무상으로 저렇게 유기견들의 영혼에게 나눠 주셔."

"그러시구나. 유기견들의 기사를 많이 봤었어. 버려져서 길가에서 처참하게 죽어가거나, 입양되지 못해서, 결국은 안락사 처리되는 강아지들 이야기를…….."

잎새가 안타까움에 미간을 찌푸리며 대답했다.

"자! 밥들 다 배불리 먹었지? 이제 우리 잎새 아가씨랑 대화를 좀 나눠야겠구나. 저리 가서 놀고 있거라."

박하의 아빠가 밥을 배불리 먹고 만족스러워 보이는 유기견 세 마리에게 이야기했다.

"아까 그 치와와는 다리를 절뚝거리던데……. 어쩌다가 그렇게 된 거예요?"

잎새가 박하 아빠에게 물었다.

"아! 다 사연이 있는 유기견이야. 살아있을 때 그 녀석은 한 주인만을 충성스럽게 섬겼지. 주인이 퇴근할 때만 기다리다가 한결같이 반기고, 물건을 가져다주는 심부름도 충실히 하고. 잘 때도 그 주인 곁만을 지키고 자던, 한마디로 주인을 끔찍이 사랑하던 반려견이었어. 그런데 어느 날, 그 치와와가 주인과 함께 산책하다가 사나운 핏불에게 물려서 그만 다리를 절단해야만 하는 큰 상처를 입었어. 주인은 수술을 해 줘야 했는데 동물병원에서 치료비가 너무 많이 들어서 조금 고민하다 자신의 개를 숲속에 버리고 달아나 버렸네."

"어머나! 그렇게 주인을 따르던 개를 무정하게 버렸나요?"

"그러게 말이네. 인간이 이기적일 때는 그렇게 이기적일 수도 있지. 병원비를 감당하지 못하겠다고 숲속에 내다 버려진 치와와는 혼자 떠돌다가 얼마 못 가서 굶어서 죽고 말았다네. 집에서 기르던 개라 야생성이 없어서 그대로 죽어 버린 거지. 혼자서 얼마 못 살고."

"그 영혼이 죽어서 하늘나라 빌리지로 올라온 거예요? 아버님께서 거둬 주고 계신 거고요?"

가엾은 치와와의 사연에 적잖이 놀란 잎새가 연거푸 물었다.

"가엾은 영혼이 죽었는데 어떻게 안 돌볼 수 있겠나? 저 사랑스러운 영혼들을……. 그렇게 버려 버리고……. 저런……. 쯧쯧."

머리를 양옆으로 세차게 내 저으며 박하의 아빠가 혀를 찼다. 그의 말을 이어 박하가 자랑스럽게 덧붙였다.

"아버지께서 이곳 하늘나라 빌리지에서 불쌍한 유기견들의 영혼을 거둬 주셔서, 그 공로로 이 마당 넓은 한옥을 하사받으신 거야. 세상에서 버려져서 가엾게 죽은 유기견의 영혼들은 다 아버지께 찾아와서 밥을 먹어. 그 답례로 아까처럼 애교를 부리곤 해. 이곳에 온 유기견들의 영혼은 모두 고단백질, 고탄수화물의 사료만 먹어. 사랑과 정성이라는 고단백질과 치유와 회복이라는 고탄수화물 영양소가 듬뿍 함유된 특수 고급 사료야."

"아버님. 정말 아름다운 일을 하시네요. 버려진 강아지들의 영혼도 이곳에서는 다 치유와 회복을 경험하네요. 역시 하늘나라 빌리지가 맞나 봐요."

"그럼! 동물들도 사람처럼 똑같이 상처받고, 아파한다는 걸 세상 사람들이 알아줬으면 좋으련만……."

박하의 아빠가 잎새에게 고개를 끄덕이며 대답했다.

'동물들도 사람들의 차가운 태도에 깊은 상처를 입는다.'

그녀는 박하 아빠의 말을 곱씹어 보았다. 한평생 충성했던 주인에게 버려져서 씻지 못할 상처를 입었을 유기견들의 모습을 안타깝게 떠올리며 박하 아빠와 작별 인사를 했다. 말 못 하던 동물들도 배신으로 인한 상처가 존재한다는 사실이 마음 한구석을 아프게 했다. 박하의 부모님을 만나 뵙고, 사람과 동물의 영혼을 위해서 일하는 분들의 따뜻한 헌신에 한결 훈훈해지는 걸 느꼈다. 화재 사고로 인하여, 돌이킬 수 없는 생이별을 경험한 분들의 영혼이 하늘나라 빌리지에서라도 값지게 보상받고 있어서 다행이라는 생각도 함께……. 박하 부모님이 이곳에서 하시는 일 덕에 생과 사의 길목이 조금 더 부드럽게 이어질 수 있겠구나, 하고 다행이라 여겼다.

이웃 마을 행성

잎새는 박하가 인도해 주는 하늘나라 빌리지에서의 여행을 진심으로 즐기고 있었다. 슬픔과 상실감, 외로움이 뜨거운 열기 아래 빙하 녹듯이 변하여 기쁨과 사명감, 소속감으로 바뀌어 가고 있었다. 시간은 어느덧 흘러, 잎새의 영혼을 치유하기 위한 여행이 90일로 접어들었다.

"오빠. 지금까지 오빠 가족분들도 다 만나보고, 여행하면서 마음이 한결 가벼워지고 기뻐졌어. 날 위해서 이런 특별한 여행에 초대해 주다니……. 정말 고마워. 근데 이곳 하늘나라 빌리지에서 만나서 친해진 영혼들은 없어?"

뿌듯함으로 만면에 미소를 띠는 박하에게 잎새가 물었.

"응. 왜 없어. 오빠도 이곳에서 급격히 친해진 분들이 있지. 그분들을 친이모, 친삼촌 삼기로 했는걸. 비록 피는 한 방울도 섞여 있지 않지만."

"나도 소개해 줄 수 있어?"

잎새가 박하의 대답에 눈망울을 반짝이며 대답했다.

"그래. 이번에는 그분들을 만나 뵈러 가자. 비눗방울 우주선을 한 번 더 타고 가자!"

박하와 잎새가 비눗방울 우주선을 타고 3분을 비행하자, 곧 이웃 마을 행성 153에 도착하였다. 도착하자마자 수심이 얕은 바다가 나왔는데 하늘나라 빌리지 서쪽에 있는 바닷가 섬, 해초가 아름다운 바닷가였다. 그 바닷가 섬에는 상괭이라는 돌고래 영혼들이 많이 살고 있는데, 입은 늘 미소 짓는 모양이었고, 등지느러미가 없으며, 회백색에, 머리 위에는 물을 뿜는 구멍이 나 있었다. 갓 하늘나라 빌리지로 올라온 상괭이 영혼들은 검은색, 10대 상괭이 영혼들은 흑갈색을 띠고 신나게 헤엄치고 있었다. 잎새와 박하가 내리자마자 해안가에서는 요란하게 소 울음소리를 내는 상괭이들의 소리가 가득했다.

"저기! 이모가 상괭이들하고 이야기를 나누고 계신다. 어서 가 보자."

박하가 잎새의 손을 끌고 재촉했다.

"이모. 오늘도 상괭이랑 놀고 계세요? 저 놀러 왔어요. 오늘은 여자 친구랑 같이 놀러 왔어요."

박하는 이모에게 말을 걸었다. 이모는 돌고래들의 영혼과 교감을 쌓고 있었는데, 돌고래의 영혼들은 입에 공을 물었다 놓았다 하면서 재롱을 떨었고, 이모는 먹이를 숨겼다가 거울을 보여주었다가 하면서 장난을 치고 있었다. 이모는 하늘색과 흰색으로 된 체크무늬 반소매 티셔츠에 검은 쫄바지를 입고 있었는데 얼굴 전체에 활기를 띠고 있었다.

"박하구나! 정말 오래간만이다. 웬 예쁜 여자 친구를 다 데리고 왔네. 만나서 반가워요. 박하랑 친한 돌고래 이모예요."

"안녕하세요. 잎새라고 합니다. 만나 봬서 반가워요. 근데 성함이 돌고래세요?"

잎새의 천진난만한 질문에 박하와 이모는 너털웃음을 터뜨리고 말았다. 이어서 박하가 이모를 대신하여 설명해 주었다.

"이모는 돌고래 사육사로 일하셔. 이곳 하늘나라 빌리지 서해안에서 돌고래들에게 여러 자극을 주시면서 돌고래들의 영혼이 잘 자랄 수 있도록 돕곤 하시지."

"돌고래들의 영혼은 저마다 정신적 욕구가 강해서 그것을 잘 채워줘야 해요. 스킨십도 해 줘야 하고, 이렇게 같이 놀아주기도 해야 하고요. 거울 보여주기 놀이를 하면 자신의 모습을 이리저리 비춰보면서 자기 영혼이랑 키스하는 돌고래도 있어요."

돌고래 이모가 설명하는 동안 그 이모의 모습 뒤로, 상괭이들이 높이뛰기 선수들처럼 파도를 가르고 상공을 향해 높이 점프했다. 점프하는 상괭이들의 꼬리 뒤로 흰 포말이 뭉게구름처럼 일었다.

"원래 살아 계실 때부터 돌고래 사육사로 일하셨어요?"

잎새가 궁금해하며 돌고래 이모에게 질문을 던졌다.

"아니야. 살아있을 때는 돌고래의 돌자도 모르는 사람이었어요. 세상에 살 때 실은 돌고래가 생명의 은인이 되어 주어서, 그 은혜를 갚으려고 돌고래 사육사가 되게 해 달라고 신에게 빌었답니다."

"돌고래에게 빚진 게 있으시다고요? 어떤 빚이요?"

"어느 휴가철에 동해안 바다에서 서핑을 신나게 하고 있었는데, 갑자기 백상어가 나타나서 공격했어요. 처음에는 서핑하는 내 발바닥의 끝을 슬쩍 물어뜯어 피 맛을 보더니, 주위를 빙빙 돌며 위협했죠. 당황한 난 중심을 잃고 물에 빠지고 말았죠. 그 바람에 등과 발목을 심하게 삐끗했지요. 이제 죽게 생겼구나 하고 공포로 몸도 제대로 움직이지 못했는데, 그때 상괭이 한 마리가 나타나서 상어의 공격을 막기 시작했어요. 다쳐서 피가 흐르는 내 주위를 돌며 상어의 공격을 온 힘을 내며 막아줬죠. 희미한 의식에서도 상괭이 녀석이 내지르던 고음이 뇌리에 생생해요. 저는 본능적으로 그 틈을 타서, 해안가로 간신히 헤엄쳐 나올 수 있었어요. 곧장, 병원으로 옮겨져 치료를 받았어요. 내 목숨을 구해 준 건 상괭이였어요."

"와! 상괭이가 이모님의 목숨을 구해주기 위해서 백상어의 공격을 일부러 방해한 거군요. 정말 똑똑한 돌고래예요. 그래서요? 어떻게 되었어요?"

"나를 구해준 상괭이가 고마워서 보답하고 싶었지만, 유유히 다시 바닷가로 헤엄쳐 간 상괭이가 어디에서 어떻게 살고 있는지 알 길이 있어야지요. 그래서 이곳 하늘나라 빌리지에 도착하고 나서 은인과 같은 상괭이에게 보답할 길을 찾다가, 돌고래 사육사를 하기로 마음먹었어요. 요즘은 돌고래 언어를 배우기 위해 해양 학교에 다니고 있답니다. 바다 행성의 지역에 따라 돌고래들이 각기 다른 방언을 구사하거든요. 이렇게 돌고래 사육사로 일하다 보면 언젠가 꼭 나를 구해준 그 상괭이도 만나게 될 거라고 믿으면서요."

"그래요. 이모님. 언젠가 그 은인 같은 상괭이를 만나실 날이 꼭 올 거예요. 그날에는 지금까지 열심히 갈고 닦은 돌고래 언어 실력으로 자유롭게 고마움을 표현하실 수 있게 되길요."

잎새가 엄지를 척 들어 보이며 이모에게 상냥하게 대답했다.

"그나저나 삼촌은 같이 안 계세요?"

박하가 이모에게 물었다.

"아! 삼촌! 그이도 여기 있어. 잘됐네. 우리 여자 친구! 삼촌한테 마사지를 좀 받고 가요."

이모가 어리둥절해 있는 그녀의 손목을 끌고 이야기했다.

"응! 그래 잎새야. 내가 이곳 이웃 마을 행성 153에 놀러 와서 친해진 삼촌분인데 하늘나라 빌리지 영혼들의 노고를 풀어주기 위해서 마사지사로 일하셔. 그분 마시지를 좀 받아보는 게 어때? 영혼의 어깨는 선한 행실을 많이 할수록 뭉쳐지기 때문에, 자주 풀어줘야 하는 법이라고……. 삼촌이 늘 말씀하셨어."

박하가 마사지를 권하자, 이모가 덩달아 이야기했다.

"마사지 받으면서 하늘 잡지를 읽어 볼 수도 있어요. 하늘나라 빌리지 행성별의 영혼들이 투고한 감동적인 라이프 스토리를 출판한 책자인데, 하늘나라 빌리지 소식을 듣는 데에는 아주 그만이라고!"

그때 알람 소리가 들렸다. "따르릉따르릉." 박하가 맞춰놨던 시계 알람이었다. 박하와 잎새가 함께 하늘나라 빌리지를 여행한 지 95일이 되었다는 것을 알리는 알람 소리였다.

"아! 어떡하지. 시간이 얼마 안 남아서 이제 슬슬 세상으로 돌아갈 준비를 해야겠는데……."

박하가 울상이 되어 잎새에게 말했다.

"벌써 시간이 그렇게 되었구나. 역시 행복했던 시간은 금방 지나가. 괜찮아. 오빠. 지금까지 충분히 뜻깊은 시간을 보냈는걸. 아쉽지만 이만 인사드릴게요. 저도 이제 그만 돌아가 봐야 하네요."

잎새는 서운해하는 이모에게 작별 인사를 했다. 다음번에도 하늘나라 빌리지를 방문하게 된다면 영혼의 어깨에 좋다던, 그 시원한 마사지도 꼭 받고, 하늘 출판사로 투고된 라이프 스토리도 모두 다 읽어보고 싶다는 생각을 하면서…….

잎새는 여행 가방을 주섬주섬 챙겼다. 가방을 챙기는 손에서 아쉬움이 흘러 이웃 마을 행성 153의 바닷가를 흥건하게 적셨다. 어쩐지 그녀는 이곳을 떠나는 것이 먹먹해졌다. 그래서 박하에게 이웃 마을 행성 153의 바닷가를 한 번 더 거닐고 떠나자며 그의 손을 잡아끌었다. 그렇게 마지막으로 이웃 마을 행성 153의 바닷가를 걸었다. 둘이.

그때 박하는 그녀에게 행성의 이름이 어떻게 유래했는지 알려주었다. 베드로가 아무것도 잡지 못하고 허탕 쳤던 새벽, 예수님께서 오셔서 바닷가 오른편으로 그물을 던지게 하시니 큰 물고기가 153마리가 잡혔다는 갈릴리 호수. 베드로가 예수님께 순종하여 153마리를 잡을 수 있었다는 기적의 증표를 기억하라고, 이곳, 이름도 갈릴리 호수를 기리며, 이웃 마을 행성 153이 되었다고 했다.

　잎새는 이제 지구로 돌아간다고 할지라도 하늘나라 빌리지에서 만났던 소중한 이들에 대한 기억으로 조금 더 단단한 뿌리를 내릴 수 있을 것만 같았다. 그녀는 153마리의 큰 물고기가 함께 헤엄치고 있는 바닷가를 가슴에 품고 지구로 떠날 준비를 했다. 더 이상 바닷가의 해풍은 눈물기 서린 짠 내음이 아니었다.

4부

지구에서 당신을,

암흑 에너지와 칠흑 홀,
그리고 지구로의 귀환

"저놈들이 순순히 되돌아가도록 이렇게 가만히 놔둘 줄 아느냐? 턱도 없지!"

잎새와 박하의 하늘나라 빌리지 여행을 여태껏 지켜보던 암흑 에너지 세력이 혼자서 분통을 터뜨리며 중얼거렸다. 우주의 74%나 차지하는 암흑 에너지는 칠흑 홀의 부하였는데, 그는 하늘빌리지로 가는 영혼들을 중간에서 유혹하여 칠흑 홀에 빠지도록 하는 세력이었다.

"녀석들이 지구로 돌아갈 때 무력으로 단숨에 휘감고, 빨아들여, 칠흑 홀에 빠져서 영영 못 돌아가게 만들라고! 어서!"

사수자리 A 별에 자리 잡은 칠흑 홀이 암흑에너지에게 지시했다.

"네! 알겠습니다! 분부하신 대로 놈들을 칠흑 홀로 무자비하게 끌어당겨 미로에 빠져버리도록 유인해 보겠습니다! 영원한 암흑 속으로 한꺼번에 삼켜 버리겠습니다!"

암흑 에너지가 캄캄한 어둠을 등에 업고, 섬뜩하고 굵은 저음으로 대답했다.

한편 잎새와 박하는 소중한 시간이 다 지나간 것에 대해 아쉬워하며 비눗방울 우주선을 타고, 한창 지구로 돌아가는 중이었다. 비행으로 돌아가는 길 내내, 별들의 아쉬워하는 마음이 전해졌다. 우주선 차창 밖에는 아름다운 행성들이 반짝이는 눈망울로 눈물의 송별회를 열어주었고, 별꽃잎 융단을 푹신이 깔아주었다. 둘은 말없이 손을 붙잡고 서로를 응시하고 있었다. 임박한 이별이 한없이 안타깝기만 했다.

띠띠띠… 띠띠띠…

그때 비눗방울 우주선이 큰 굉음의 에러 소리를 냈다. 곧 비눗방울 우주선이 앞뒤로, 좌우로, 위아래로 심하게 흔들렸다. 가늠할 수 없는 진동에 잎새는 하마터면 비눗방울 우주선의 천장에 머리를 박고 쓰러질 뻔하였다.

"오빠! 우주선이 왜 이래? 지금까지 이런 적 한 번도 없었잖아?"

"어엇! 잎새야. 안 다쳤어? 괜찮아? 아! 내가 한번 계기판을 잘 살펴볼게. 잠깐만……."

박하는 서둘러 조종석으로 가서 계기판을 여기저기 둘러보았다. 우주선의 위치 추적기에 붉은 경고등이 깜박깜박 불길하게 들어왔다.

"칠흑 홀이다. 큰일이다. 여기에 빠져서는 안 되는데……."

박하가 서둘러 비상 알람과 신호등을 켜 보았다. 띠띠띠 띠띠띠. 모두가 에러 표시만 뜬 채 묵묵부답이었다.

"오빠? 왜 그래? 무슨 일이야?"

잎새는 공포에 질렸다. 하지만 박하가 당황할까 봐 그 자신도 애써 침착하려 애쓰며, 그에게 물었다.

"칠흑 홀에 접어들어 버렸어. 칠흑 홀. 사건의 지평선이라고도 불려. 이곳은 빛을 발하는 요정들조차 탈출하기 힘든 곳이야. 엄청난 힘을 지니고, 하늘나라 빌리지로 가려는 영혼들을 방해해서 순식간에 빨아들이는 곳이야. 협소한 공간으로 영혼들을 빨아들여서, 상상할 수 없는 큰 압력으로 압박하는 곳이지. 한 번 빨려 들어가면 누구의 도움 없이는 아무도 스스로 탈출할 수 없어. 이를 어떡하지. 어쩌면 좋지……."

박하가 공포와 당혹감에 휩싸여 손톱을 잘근잘근 씹으며 대답했다.

"결코 헤어 나올 수 없도록 구덩이에 처넣어 버려!"

칠흑 홀이 암흑 에너지에게 지시했다.

"근데 대장님! 그곳은 하늘나라 빌리지 가기를 스스로 거부한 영혼들을 처넣는 곳인데요."

암흑 에너지가 절망의 무덤을 증오의 걸레로 닦으며 이야기했다.

"그럼 넌, 녀석이 하늘나라 빌리지에 관한 소망을 지니고, 세상에 돌아가서 의미 깊게 살아가는 꼴을 구경하겠단 말이더냐? 어서 부정의 흙으로 덮쳐버려서 다시는 빠져나올 수 없는 칠흑 홀 속으로 처넣으라고! 용서와 자비가 없는 그곳으로! 어서!"

"네! 대장님. 제가 그놈들을 미로로 유인해서 칠흑 홀에 가둬 버리겠습니다!"

암흑 에너지가 희뜩거리는 눈빛으로 주먹을 쥐며 대답하고, 맡겨진 임무를 수행하러 암흑 장막으로 사라졌다.

"빛 가운데에서 살고 싶지 않다면서, 스스로 하늘나라 빌리지 가기를 거부한 이들만이 머무는 거주지야. 칠흑 홀은……."

박하가 공포감에 질려 잎새에게 설명했다.

"칠흑 홀 옆 동네로 간신히 피신해도 그곳에는 고독의 행성들만 있어. 거기는 생전에 사랑을 베풀지 못하고, 오직 자신만을 위한 외로운 삶을 살다 간 영혼들이 죽어서 가는 곳이야. 서로 어울리며 베푸는 법을 모르고 살았기에, 영원의 시간 속에서도 홀로 외로이 떠도는 운명을 받은 행성이야."

박하가 우주선 차창 밖으로 우수수 떨어지는 별똥 비를 바라보며 떨리는 목소리로 대답했다.

"오빠. 너무 당황하지 말고……. 우리 같이 길을 찾아보자. 근데 비가 내리는 것 같아. 저게 뭐야?"

"어. 저건 별똥 비들이 우수수 떨어지는 광경이야. 이런 날씨에는 우산을 잘 챙겨야 해. 안 그러면 뜨거운 유성비에 온몸이 타버릴 수도 있어. 안타까운 사연을 마음에 품은 채 세상을 떠난 영혼들이 화병을 이기지 못해 저렇게 한 줌의 유성비가 되곤 해."

쓸쓸한 유성비를 안타깝게 쳐다보며 박하가 설명을 이어갔다.

"저 별똥별들은 앞으로 어떻게 되는 거야? 하늘나라 빌리지로 가지 못하는 거야? 오빠?"

"저 별똥별들도 하늘나라 빌리지로 옮겨와 살 방법이 있어. 아직 열기가 채 식지 않았을 때 차가운 행성들로 떨어지면 돼. 그곳에서 추위를 달래주는 연료로 자신의 불타는 몸을 승화시키면 돼. 차가운 행성에서 따뜻한 연료가 되어서 마음 시린 영혼들을 데워주면 자신들도 새로운 별이 되어서 우주에 다시 태어난다고. ……."

띠띠띠 띠띠띠 띠띠띠

둘의 대화를 가로막고, 비눗방울 우주선의 경고 알람 소리가 더 크게 울려 퍼졌다.

「미로에 진입」

붉은 글씨의 경고 문자가 불길하게 깜박이며, 계기판 위로 급히 떴다. 잎새와 박하는 칠흑 홀이 유인하는 미로에 이미 깊이 빠진 상태였다. 급한 마음으로 박하는 자신의 시계를 들여다보았다. 96일. 이제 4일밖에 남지 않았다. 잎새가 무사히 세상으로 돌아가야 하는 시간은……. 그사이 돌아가지 못하면 그들은 영원히 칠흑 홀에 갇혀 생을 마감하게 된다. 미로에 깊이 빠진 둘은 이 길로 우주선을 틀어도 보고, 저 길로 우주선을 조정해 보기도 했다. 그러나 이 골목으로 들어가도, 저 길로 들어가도 막다른 골목이 나와서 우주선은 전진할 수가 없었다. 미로는 뱀장어의 몸처럼 길고, 구불구불했는데, 한치의 빛도 보이지 않는 곳이어서 앞으로 나아갈수록 늪에 빠져버린 듯, 계속해서 막힌 길만 시야를 가로막았다.

'내가 괜한 여행을 시작해서 잎새마저 미궁 속으로 빠져버리게 하는 걸까. 아! 어찌하면 좋을까.'

박하는 미로를 빠져나갈 자신감을 점차 잃어갔다. 자책하는 감정들이 마음속 깊은 곳에서 울컥 솟아올랐다. 박하와 잎새는 어깨가 처졌다. 힘을 준 주먹에 땀이 흠뻑 젖었으며, 불안감에 세차게 뛰는 심장 고동 소리를 느꼈다.

그때였다. 잎새의 마음속에 엄마의 말이 불현듯 떠올랐다. 하늘나라 빌리지를 가슴 속에 품고 있으면, 언제든지 엄마를 만나볼 수 있다는 음성이었다.

"엄마! 저랑 박하 오빠가 미로에 갇혀서 위험에 처해 있어요. 어떡하면 좋을까요?"

그녀는 엄마에게 다급하게 기도 편지를 보냈다.

"잎새야. 엄마가 하늘나라 빌리지의 영혼들에게 기도를 요청하마! 조금만 더 버티고 있어 보렴. 절대로 그냥 포기해 버려서는 안 된다. 알았지?"

잎새의 엄마가 딸에게 힘을 실어주며, 곧바로 딸의 가슴 속에서 대답했다. 빈 포대 자루처럼 축 처져 있는 딸을 붙들어준 것이다.

삐이이 삐이이 삐이이

갈수록 더 깊이 미로 속으로 진입한 비눗방울 우주선. 미로 앞에는 절망과 낙담, 자기 비난의 늪이 길을 가로막고 있었다.

"녀석들에게 절망감과 의심, 불안감을 계속해서 심어주라! 녀석들이 안전하게 돌아갈 생각은 집어치우도록! 알겠어?"

칠흑 홀이 암흑 에너지에게 지시하자 온갖 부정적이고 어두운 감정이 잎새와 박하에게 쓰나미처럼 밀려왔다. 그런 감정에 휩싸이자, 우주선은 더 깊숙한 미로 속으로 빠져들었고 막다른 골목에 부딪혔다. 자신들이 위치한 곳이 어디인지 전혀 알 수 없었다. 미궁 속에 빠지자, 잎새는 지금껏 박하와 여행했던 하늘나라 빌리지의 존재마저 의심스럽기 시작했다. 믿음에 의심의 금이 생기자, 곧 무너져 내릴 다리를 밟는 듯 위태로워졌고, 다시 공황장애 증상을 경험할 것만 같았다.

"잎새야! 엄마가 하늘나라 빌리지 숲에 사는 비둘기 영혼을 통해서 황금 열쇠를 전해 주라고 했어. 그 열쇠로 우주선의 금고를 열어 봐!"

절망과 낙담으로 쓰러지려는 순간, 잎새의 가슴 속에서 엄마의 기도 음성이 다시 울려왔다. 우주선 창 바깥을 바라보자 어느새 하늘나라 비둘기가 황금 열쇠를 물고 창문을 부리로 톡톡 두드리고 있었다. 잎새와 박하는 서둘러 비둘기에게서 황금 열쇠를 받아 들었다.

"어! 이건 오빠에게 생일 선물로 줬던 황금 열쇠잖아! 모든 어려움을 해결해 주는 문을 열어 줄 거라고 했던 바로 그 열쇠……."

잎새가 황금 열쇠를 들고 외쳤다.

"노숙자 아저씨의 영혼이 엄마가 기도를 요청하는 편지를 듣고, 급하게 달려와서 이걸 너희들에게 가져다주라고 했어……. 그 열쇠가 금고를 열어 줄 힘이 있을 거라고……."

잎새의 엄마가 딸의 가슴 속에서 다급하게 외쳤다. 엄마와 하늘나라 영혼들이 보내온 기도 편지들이 빗발쳐서 비둘기를 안전하게 보위했다.

딸깍! 잎새와 박하는 비둘기에서 받은 황금 열쇠로 금고를 열었다. 그 금고에는 낡아서 해진 지도 하나가 보관돼 있었다.
「칠흑 홀 입구의 미로 속에 불시착했을 때 미로를 안전하게 빠져나가는 법」
그 지도는 바로 미로를 빠져나갈 수 있는 탈출 약도였다. 박하는 탈출 약도를 보고, 차분히 비눗방울 우주선을 조정했다. 오른쪽, 왼쪽, 둥글게 돌아서 다시 우회전, 좌회전, 직진, 다시 둥글게 돌아서 우회전 두 번. 잎새의 엄마와 박하의 가족들, 그리고 하늘나라 빌리지의 이웃들이 신에게 올린 기도 소리가 한꺼번에 작은 돛단배처럼 미끄러져서 하늘에서 내려왔다. 그 우렁찬 기도 소리 돛단배에 실린 바람이 전달되었는지, 끝없는 심연으로 하강할 것만 같던 박하와 잎새는 가까스로 미로를 벗어났다.

박하가 안도의 한숨을 크게 몰아쉬었다. 그는 빠르게 자기의 시계를 훑어보았다. 97일째였다.

'이제 잎새가 유니콘을 타고 생과 사의 사막을 무사히 건너가기만 하면 되는구나. 3일 치 물을 넉넉히 먹여서 잎새를 유니콘에 태워 보내기만 하면, 그녀는 무사히 여행을 마칠 수 있어.'

마음이 안정되었다.

박하는 비눗방울 우주선에서 내려서 잎새와 함께 유니콘이 모여있는 곳으로 서둘러 달려갔다.

"어? 유니콘들이 다 어디로 갔지? 분명 이곳에서 물을 마시고 있어야 하는데……."

박하가 섬뜩한 기운을 감지하자, 문득 불길한 예감으로 온몸에 닭살이 돋았다. 잎새와 박하는 사방을 급하게 둘러보았다. 그 어디에도 유니콘은 보이지 않았다. 생과 사의 입구에는 모래사막만 덩그러니 모래바람을 뿌옇게 일으켰다. 모래 폭풍으로 형성되었던 피라미드 모양의 모래성이 다시 흩날리고 있었다. 박하는 다급한 마음으로 생과 사의 사막을 지키고 있는 문지기를 찾아갔다.

"암흑 에너지 세력들이 습격해서 유니콘을 그만 앗아가 버렸습니다. 박하님, 이를 어쩌면 좋겠습니까?"

생과 사의 사막을 지키던 문지기가 망연자실하여 하소연하였다.

"무슨 힘을 다 써서라도 암흑 에너지 놈들과 대결했어야지요! 이렇게 무력하게 유니콘을 다 빼앗기면 어떡해요?"

박하가 울먹이는 목소리로 문지기를 책망했다.

"면목이 없습니다. 박하님. 너무 피곤해서 잠깐 잠든 사이에 암흑 에너지들이 습격해서 모두 다 쓸어갔습니다. 정말 죄송합니다."

박하의 책망에 문지기가 뜨거운 눈물을 훔치며 사과했다.

"어떡하면 좋을까. 잎새야. 비상사태가 발생해 버렸어. 악한 세력들이 유니콘을 다 앗아가 버렸어. 유니콘을 타고 생과 사의 사막을 건너가야 하는 건데, 놈들이 모두 쓸어가 버렸어. 이대로 사막을 걸어서 건너가면 모래바람 때문에 사막에 파묻혀 버릴 거야. 그렇게 되면 세상에서는 식물인간이 되는 거야. 큰일이다. 이 나쁜 놈들! 내가 한치도 방심하지 않고 지키던 유니콘을 앗아가 버리다니……."

박하가 울분에 차서 설명했다. 잎새는 자신이 깨어나지 못하고 식물인간 상태로 누워서 지내게 되면 아빠가 얼마나 상심하실까, 하고 걱정이 밀려왔다. 그러면 아빠는 세상에 홀로 남겨진 것이나 다름없게 된다는 생각에 먹먹해졌다.

'아빠는 엄마도 잃은 지 얼마 되지 않았는데……. 나마저 잘못돼서 누워지내면, 어떻게 감당하실까.'

잎새와 박하는 앞이 캄캄해져서 아무것도 보이지 않았다. 아무리 생각해 봐도 좋은 해결책이 떠오르지 않았다. 이대로 이생을 포기해야 할까. 잎새는 포기하지 않으려 했지만, 단 한 오라기의 희망의 빛도 채 보이지 않았다.

그때였다.

"내가 뭘 좀 도와줄까? 박하 청년?"

한 할머니가 의기소침해져 있는 박하에게로 다가오며, 그의 어깨를 가볍게 두드렸다.

"아! 앗! 할머니. 여기에는 어떻게 오신 거세요?"

박하가 시장에서 마주쳤던, 추운 겨울날, 시장에서 떨이 채소를 사며 도와드렸던 바로 그 할머니의 영혼이 하늘나라 빌리지에 막 도착해 있었다.

"엿들으려고 한 건 아닌데……. 우연히 둘의 사정을 다 듣게 되었어. 생전에 우리 두 천사들의 호의 덕분에 그 추운 날 내가 일찍 집에 들어갈 수 있었잖아. 늘 마음 한편에 간직한 고마운 기억이지. 내도 이제 은혜를 갚아야지."

"할머니! 정말 오래간만이에요. 할머니께서 이곳에 올라오신 건 몰랐어요. 그나저나 잎새가 지구로 돌아가야 하는데 정말 난처하게 되었어요."

박하가 울상을 지으며 할머니에게 자초지종을 설명하였다.

"내가 초고속별을 타고 이곳에 도착했거든. 그 별이 아직 이 근처에 머물고 있을 거야. 잠깐만 좀 기다려 봐. 그 별에게 한번 부탁해 볼게."

할머니는 서둘러 자신이 타고 온 초고속별을 향해 달려갔다.

초고속별은 생과 사의 사막에 위치한 오아시스에 기대어 잠시 휴식을 취하고 있었다.

"아고! 초고속별님. 제가 은혜를 입은 두 청년이 있는데, 그만 암흑 에너지에게 유니콘을 빼앗겨서 생과 사의 사막을 건너질 못하게 되었다고 하네요. 시간이 채 3일도 안 남았는데……. 그전까지 잎새라는 처녀가 지구로 돌아가야 한다고 하는데 어떻게 초고속별님의 힘을 좀 빌릴 수 있을까요?"

할머니가 두 손을 간절히 모으고 초고속 별님에게 애원했다.

"아! 할머니. 살아 계실 땐, 채소 다 팔고 돌아가시는 길마다 꼭 저를 한 번씩 올려다보셨잖아요. 밤새 외롭지 말라고… 힘내서 초롱초롱하게 빛나라고… 그럴 적마다 구성진 민요 한 자락 밤바람 따라 흥얼거리셨죠. 그 노래 들으며 위로받은 밤이 몇백 번은 족히 넘어요. 제가 쓸쓸한 밤하늘에서도 반짝일 수 있었던 건, 다 할머니의 그 응원가 덕분인걸요. 그런 할머니의 부탁인데, 제가 어찌 외면하겠어요. 저는 태양과 같은 천체의 공전 속도보다 10배 이상은 빨라서 1초에 1,000km를 돌 수 있답니다. 대마젤란은하로부터 온 출신이거든요. 걱정하지 마세요. 제가 잎새랑 박하가 생과 사의 사막을 무사히 건널 수 있도록 바래다줄게요."

"아이고! 아이고! 정말 고마워요. 그럼 어서 가서 둘을 불러올게요."

할머니는 초고속별에게 연거푸 반복해서 감사 인사를 하고 초긴장 상태에 있는 잎새와 박하를 얼른 데리고 왔다.

"초고속별의 허락을 받았어. 아휴… 얼마나 다행이야. 어서 지체치 말고 지구로 돌아가도록 해. 어여!"

할머니는 잎새와 박하를 초고속별의 별 모퉁이에 단단히 앉히고 안전벨트를 묶어 주었다.

"조심히 가거라이! 만나서 진짜로 반가웠데이! 천사들."

할머니의 배웅을 받으며 둘은 생과 사의 사막을 건넜다. 모래바람이 한창 불어와서 사막은 온통 뿌연 모래 먼지들로 앞이 보이지 않았지만, 특수 안경을 쓴 초고속별은 모래바람을 뚫고 맹렬히 전진했다. 30만km를 쉬지 않고 날아가서는 '쿵' 하고 지구에 착륙했다. 지구에 도달할 때까지 잎새와 박하는 긴장한 탓에 온몸이 땀으로 흠뻑 젖어 있었다. 지구에 도착하자마자, 긴장감이 확 풀리고, 둘은 이내 안도의 한숨을 내쉬었다.

따르릉따르릉!

100일을 예고하는 알람이 박하의 시계에서 요란하게 울렸다. 100일이 되기 10초 전에 둘은 겨우 세상으로 돌아왔다. 지구에 도착한 잎새는 박하가 안전하게 도착했는지, 미로에서 벗어나려고 지나치게 무리한 탓에 자신처럼 공황 상태가 찾아온 것은 아닌지 그제야 걱정되었다.

박하 잎새의 향기

"아! 아! 오빠? 괜찮아? 괜찮아?"

잎새는 주위를 둘러보며 박하의 안부를 다급하게 물었다.

"잎새야? 무슨 꿈을 꾸었니? 잎새야? 드디어… 드디어 일어났구나. 네가 사흘 동안 도통 일어나질 못해서 아빠가 걱정돼서 병원으로 데리고 왔어."

잎새의 아버지가 딸을 흔들어 깨우며 물었다. 그녀는 식은땀을 흘리며 주위를 두리번거렸다. 아버지는 마른 수건으로 이곳저곳 자상하게 닦아 주었다. 딸이 흘린 흥건한 땀을.

"제가 사흘이나 내리 잤어요? 그럼 여긴 지구인 거예요? 병원이라고요?"

"그럼. 당연히 지구지. 병원이고. 엉뚱한 소리를 하는 걸 보니 혹시 악몽을 꾸었니? 이런! 땀 흘린 것 좀 봐! 아직 링거도 맞고 있으니 조금 더 누워있으렴. 잠시만 기다려 봐. 간호사 선생님이 네 상태를 확인하도록 할게."

아버지는 병실 문을 급하게 열고 나가 간호사 한 명과 의사를 불러왔다.

"의식을 드디어 회복하셨군요. 여기가 어딘지 아시겠어요?"

의사가 잎새의 눈동자를 손전등으로 조심스럽게 비춰보며 말했다.

"……. 아버지께서 병원이라고 하셨는데요."

잎새의 힘없는 대답에 간호사는 맥박과 산소 포화도, 혈압을 확인하고, 링거를 새로 갈아주었다.

"사흘이나 잠들어 있었으니 갑자기 무리하게 움직이지 말아라. 병실 밖 아담한 정원이 있어. 좀 더 회복한 다음, 거기서 마음을 좀 안정시키도록 해보자."

아버지는 잎새에게 부드럽게 타이르며 의사 선생님의 주의 사항을 들었다. 의사 선생님은 활력 징후를 확인해야 한다며 간호사에게 혈액 검사와 수액 상태를 점검하게 했다.

다행히도 수일 후, 잎새의 혈압, 심박수, 체온, 호흡수, 산소 포화도가 정상 수치로 안정되었다. 의사로부터 상태가 양호하다는 진단을 받고는, 그녀는 몸을 일으켜 아버지가 말한 꽃 정원으로 나갔다. 봄이 찾아온 정원에는 금낭화와 꽃마리, 꽃잔디가 올망졸망 피어있었다.

'내가 꿈을 꾼 걸까. 이 모든 게 꿈이었던 걸까. 그러기엔 모든 게 너무 생생한데…….'

잎새가 하늘나라 빌리지에서의 여행을 떠올리며 고개를 갸우뚱거렸다. 28자리 별자리 징검다리를 박하와 다녀왔던 소중한 기억, 함께 약속한 두 사람의 행복한 미래, 그리고 바닷가 공원에서 엄마가 잎새에게 해주었던 조언 등이 화살처럼 스쳐 지나갔다. 그 기억 위로, 하늘나라 빌리지에서 나누었던 대화, 그곳에서 만난 가족들, 그리고 이웃들에 관한 기억이 차분히 겹쳤다.

'내가 겪은 이 모든 일이 사실일까. 정말 이런 일이 가능한 걸까?'

곰곰이 생각에 잠긴 잎새. 그때 저 멀리에서 황금빛 벌새가 날아왔다. 벌새는 하늘을 향해 날갯짓하다가 팔자로 춤을 한껏 추는 듯하더니, 갑자기 그녀의 가슴팍에 살포시 앉았다. 벌이 나는 듯한 웅웅 소리가 확성기에서 증폭되어 울려 퍼지는 것처럼 들려왔다.

'네 마음속에 하늘나라 빌리지가 살아있는 한, 소중한 이들은 영원히 네 가슴 속에 살아있을 거야.'

하늘나라 빌리지에서 보내준 그 약속.

노을 질 무렵 해를 막 삼킨 호숫가가 황금빛으로 넘실거렸듯이,

눈부신 황금빛 깃털을 가진 벌새가 자신을 둘러싸는 것을 잎새는 물끄러미 바라다보았다. 잎새의 시선을 따라다니던 벌새가 이번에는 휙 날아가더니 열어둔 창문 틈을 따라 병실 안으로 들어갔다. 그러곤 하늘나라 빌리지에서 박하가 건네주었던 천체 망원경에 가서 살포시 앉았다. 그 천체 망원경이 광채를 발하며 하늘나라 빌리지에서의 여행이 꿈이 아니었음을 증명하고 있었다. 벌새가 박하의 천체 망원경에 앉아 있는 것을 보자, 문득 마음속에서 박하가 하늘나라 빌리지에서 했던 약속이 떠올랐다.

'황금 벌새가 되어서 너한테 찾아갈게. 세상으로 돌아가면 네 곁에 머무는 벌새를 잘 지켜봐. 내 영혼이 새가 되어서 방문한 것일 테니까……'

박하가 해 줬던 약속이 떠오르자, 잎새의 가슴 속에 하늘나라 빌리지에 관한 기억이 더욱 생생하게 되살아났다. 생생해지는 기억 뒤로, 잿빛 의심이 바람을 따라 이동하는 구름처럼 걷혔다. 그럴수록 하늘나라 빌리지에 관한 소망도 환하게 되살아나고 있었다. 그리고 생생해지는 기억 너머로 박하의 음성이 마음속에 떠올랐다.

"잎새야, 글을 쓰는 일, 네가 사랑하던 일을 꿈꾸는 걸 멈추지 마. 네가 사랑하던 글 속에서 우리의 추억도 생생히 살아있을 수 있도록 말이야. 하늘나라 빌리지에 와서도 영혼들은 살아있을 때처럼 여전히 꿈을 꾸곤 해. 다른 영혼들을 더욱 사랑하는 꿈. 꿈 꾸지 않는 영혼들에서는 향기가 나지 않아. 영혼의 심장 고동 소리도 멈춰 버리지. 그래서 오빠는 네가 꿈을 잃어버리지 않고 살아갔으면 좋겠어."

별의 씨앗을 찾는 버드나무처럼 살아가라던 박하의 음성도 떠올랐다.

"엄마도 잎새가 그렇게 살기를 바랄 거야."

"잎새야. 살아있다는 건, 다시 돌아오지 않는 소중한 시간이야. 그 유한한 시간을 슬픔으로 온통 흘려보내지 않았으면 해. 엄마는 네가 상실감과 슬픔으로 인해 다시 아프게 될까 봐 염려된단다. 하늘나라 빌리지에서 그 어느 때보다도 행복한 엄마를 떠올리며 이제 그만 고통받으렴."

엄마의 음성에 잎새는 자신도 모르게 대답했다.

"엄마! 아직도 엄마가 편찮으실 때 기억이 드문드문 떠올라, 마음이 저릿해요. 그 기억들이 온통 엉켜있어요."

그러자 엄마가 마음속에서 답하였다.

"엄마와의 기억을 추억으로 떠올려 줘. 깨어진 유리 조각 같은 마음의 흉터로 기억하지 말고, 너를 지탱해 주던 오뚝이의 중력 같던 기억으로……. 아픈 기억으로 마음이 답답해질 때면 바닷가

파도를 한번 바라보렴. 그 파도가 모래사장을 덮으면, 그동안 모래사장에 썼던 모든 글씨가 한 번에 지워지듯이, 네 마음속 아픈 상처의 글씨들을 엄마가 사랑의 파도로 덮어줄게. 엄마의 파도가 네 마음속의 상처로 남은 글씨들을 그렇게 다 가져가 줄게."

 엄마의 음성이 울리고, 그 음성 뒤로 하늘에서 뭉게구름이 하얀 포말로 일었다. 그건 마치 파도를 한껏 몰고 오는 듯하더니, 잎새의 가슴을 한 번에 덮었다.

 "네가 삶에서 쓰러지려 할 때마다 엄마의 사랑이 오뚝이의 중력 같은 힘으로 너를 일으켜 세울 거야. 죽음도 막을 수 없는 것이 엄마가 너를 사랑한다는 사실이라는 거……. 기억하렴."

 박하의 음성에 이어 엄마의 음성이 마음속에 떠오르자, 잎새는 마음속에 말로 표현하기 힘든 평안함과 위로를 느꼈다.

 황금 벌새는 여전히 박하의 천체 망원경 위에서 천상의 춤을 추고 있었다. 벌새를 바라보며 잎새는 박하와 엄마에게 대답했다.

 "엄마, 그리고 오빠! 이제 엄마랑 오빠가 그리워서 마음에 슬픔이 또 찾아오면 글을 쓸게. 보고 싶었던 마음, 그리운 마음, 그 마음들이 때로는 묵직한 슬픔의 빙하가 되곤 하지만……. 하늘나라 빌리지에서 마신 빙하 물은 슬픔조차도 성숙이란 결정체로 승화시켜서 갈증을 시원하게 풀어주던걸……. 내가 사랑하던 글을 쓰면서 그리웠던 엄마와 오빠의 가슴에 가 닿을게. 그 글 속에서는 우리의 소중한 순간들도 모두 살아 있을 테니까. 엄마의 따뜻한 품에 언제든지 달려가 안길 수도 있고, 오빠의 뺨에 흐르는 눈물도 닦아 줄 수 있을 테니까……. 어떤 후회도 하지 않고, 마음껏 사랑한다고 표현해 줄 수 있을 테니까……. 어두워 보이던 내 영혼의 동굴을 벗어나면, 언젠가 빛 가운데에서 소중했던 모두를 다시 만날 거라고 믿어. 별의 씨앗이 어둠의 땅속에 파묻힌 이 시간이 지나고 나면, 새싹이 올라오고, 뿌리가 대지 속에 단단히 박히고, 나의 얼굴은 결국 발아하여 푸른 하늘을 만나게 될 거야. 그날엔 헤어진 모든 이와 그렇게 다시 만나게 되겠지. 어떤 다년생 식물들의 씨앗은 발아하기 전에 꼭 냉장되어야 하는 것처럼, 그 씨앗처럼 잠시 저온 처리된 나의 영혼을 붙들고, 이 토지의 서늘함과 냉랭한 외로움을 잘 견뎌내 볼게. 별의 씨앗을 이 대지에 곱게 심으며……."

잎새는 황금 벌새를 바라보며 엄마와 박하에게 영상 편지를 띄웠다. 잎새의 편지가 끝날 때까지 박하의 천체 망원경 위를 맴돌던 벌새는 어느새 그녀의 손목 가까이 날아왔다. 잠시 머뭇머뭇하더니 잎새의 왼손 네 번째 손가락 끝에 앉아서 날개를 접었다 폈다 일곱 번 하였다. 황금 벌새의 날갯짓이 마치 약혼을 상징하는 다이아몬드 반지의 빛깔처럼 햇살에 눈부시게 빛나고 있었다.

황금 벌새의 날갯짓 뒤로 박하의 작별 인사가 다시 들려왔다.

"우리는 다시 이별하게 되지만, 잎새의 가슴 속에서 우리가 함께했던 추억은 영원히 살아 숨 쉴 거야. 시간이 지나면 기억이 희미해지고 퇴색될지 몰라도, 우리의 추억은 해를 거듭할수록 더욱 선명하게 남아 짙은 노을 빛깔로 우리 영혼을 물들일 거야. 그 추억의 힘찬 고동 소리를 들으며, 하늘나라 빌리지를 떠올려 줘. 그럴 때면 수호천사는 황금빛 날개로 너를 감싸안고, 푸드덕푸드덕 날아오를 거야."

며칠 뒤 집으로 돌아온 잎새는 엄마가 평소에 아끼던 시집 한 권을 책장에서 꺼내었다. 『홀로서기』라는 제목이 적혀진 시집이었다. 그 시집을 한 페이지 펴서 읽고 있으니 그 책장 속에서, 잎새가 처음 두 발로 온전히 서서 걸었던 순간이 뚜벅뚜벅 걸어 나오는 듯했다. 넘어져도 다시 일어나고, 연거푸 넘어져도 다시 일어나던 그 갓난아기가 차차 성장하더니 금세 장성한 성인의 모습으로 바뀌었다. 『홀로서기』라는 제목이 적힌 시집의 책장을 넘기자, 페이지 속에서 청량한 박하 잎새의 맑고, 시원하고, 화한 내음이 흠뻑 흘러나와 잎새를 가득 감쌌다. 박하 식물은 모진 겨울, 잎과 줄기가 죽어 있는 듯 보이지만 뿌리가 살아있어 봄에 여린 새순을 낸다. 겨울날, 아무 희망의 흔적도 없이 사라진 것만 같은 박하도 하늘나라 빌리지에 봄이 오면 다시 새순을 내며 화한 박하 잎새의 내음을 피워 올릴 것이다. 영원으로 가는 인연의 끈을 단단히 감싸안고 있는 박하 잎새의 향기. 잎새는 훗날 자신이 하늘나라 빌리지로 올라갈 땐, 그 향기로 기억되길 바랐다. 그 향기를 맡으며 잎새는 자신이 더는 혼자가 아님을 깨달았다.